しのぶ恋

船橋明
FUNABASHI AKIRA

幻冬舎MC

しのぶ恋

目次

第一章

出口のない日々

たった今、地上に降りたったかのような不安で足がすくむ。

司法二次試験の論文用の答案練習会がすんで、場末のつぶれた学習塾のような老朽した牛乳屋の二階からぎしぎしきしむふるぼけた木造の外階段を、ここから逃げるように足ばやにかけおりてゆく。そうして、闇のそこに沈んだ夜の町へもぐりこんでいこうとするとき、むこうみずなわかい肉体からつかのまの空虚な熱気がさめ、こころが病葉のように萎え、朽ち、おびえている。

この外界という劇場には、葵《まもる》のような人間にもすわることができる椅子があったはずである。それがどこかでうしなわれて、いまだにみつけだすことができない。青春のある日、ひとびとの世界からしめだしをくったのである。うしなわれた自分の椅子を見つけようとあてどのない魂の漂泊と、いつまでもいやされることのないへどのでそうな隔絶の意識にさいなまれながら、ずっと出口のない暗渠《あんきょ》のような青春期をすごしてきたのだった。

深夜のシャッターを下ろしたうすぐらい商店街の、ほこりをかぶってすさんだような広い通りに出て、四つ角の信号機を横切りながらどこからか音楽が聞こえてくる気がして空をみあげると、夜空にちかくの大歓楽街のパープルのもやがエロスをまとったうす絹のようにかすんでいる。

大都会の裏町で、葵は波間にただようよるべのない小舟だった。

あるものは長身で瀟洒《しょうしゃ》な白人たちにかこまれた異国でむく犬のようにおどおどして暮らし、むこうから背のひくい、きたない黄色い顔をしたのがやってきたとおもったら、それはショーウインドーに映った自分だったといい、またあるものは、馬車は自分のなかを平然と通りぬけてゆき、ゆきあうすべてのものからたえず拒否されるようであったというが、夜の大都会の海原で揺動するよるべのない小舟は、ここが異国でもないのにわけもなくおびえて、むこうから明晰なスーツの黒いシルエットでやってきてすれちがう通行人のなにげないひとめで、自分というものがガラス細工のようにこなごなにくだけてしまいそうだ。

いつもゆく駅地下の食堂にもぐりこむと、夜ふけのちらほらとまばらな客のなかに答案練習会の仲間のすがたが見えた。職につかなければならない経済的な理由をまぬがれたものは合格するまで学費の安い国立大学の学生のまま、学内の図書館がしまるまで赤エンピツで線をひきまくった六法全書とにらめっこをしながらおそくまで受験勉強に精をだすのであろうが、そんな悠長なことをしていられない人間もいる。東京地裁で事務官をしている男だ。

大柄の体を着ふるした紺の背広でつつみ、カウンターにすわって、A3版の用紙にプリントした練習会のレジュメに目をとおしている。こういうところでは法律用語が頭にあふれて、模範答案の精妙な暗記能力にたけた高い額がめだつといっても、この国のわかい本物のエリートはむしろ地味で人目につきにくい。油気のないぞんざいなヘアースタイル、ありふれたメガネ、ひくい鼻、どこかの地方なまりのある言葉をとつとつとしゃべる不器用なぶあつい唇。そうしてなによりもみにくさをつよめているのが、眼鏡の奥の不安でならない孤独なまなざしである。

いつもは相棒がいる。独身所帯のあじけない生活がしみこんだ、白地に大柄な格子縞のうすよごれたようなジャケットをむぞうさにひっかけた職場の同僚である。その男はひどい斜視である。そして、どもる。突然、教室で起立してかん高い声で質問するとき、田舎者じみた癖っ毛を刈りあげた顔の焦点がさだまってみえないように、ひどいどもりでなにをいっているのかわからないことがある。しかし、男はだれはばかることなくいくらでもどもってもいいのだ。そうしてもいいだけの公然たる資格というものがある。だれもかれをわらうことなどはできない。運命の外的要因にみまわれなかったら、葵《まもる》がそうなっていたかもしれないのである。

「ほん、ほん、本問のケースでは、そ、そ、それは債務不履行の、いち、いち、一場合と考えるわけでしょうけれども、た、た、た、ただし、そ、そ、そ、そうだとすると、ほ、ほ、星野説と、わ、わ、わが、わが、我妻説とのちがいは、さして、けん、けん、顕著ではない。この点をもっと厳密に、ど、ど、ど、どういうふうに、かん、かん、考えるべきなんでしょうか。私は、そう、そう、そうではなくて、……」

ひところ、ジャーナリスティックな誇張をこめて、東大生のなかには吃音症になやまされている学生がすくなくないと週刊誌の記事になったことがあった。男もその一人だったわけであろうが、そんなことはかまわずに機関銃のようにしゃべりまくる。今やどもりなどは問題ではない。現実はその背骨にみしみし音をたててのしかかっている。身うごきのとれない鎖で体をしばりつけている。次の試験をぜがひでも突破することがもはやのがれることができない必須条件なのであって、この答案練習会に講師としてやってくる若い検事によれば、ひとたびその職につきさえすれば人ひとりの生命すらうばうことができる実務法曹、そのなかでも裁判官の道をあゆんでゆけるかどうかが焦眉《しょうび》の急なのである。

駅前ビルにセミナーの教室ができるあいだ、司法試験の合格をめざす数十人ばかりのグループは、現在、高田馬場の裏町の牛乳屋の二階におちついていた。

国家試験のなかでも国家上級やら外交官、医者の試験などよりもむずかしい時代であったから、いつ受かるのか何の保証もなく、だれもがそうやすやすとうかるわけのものではない。だからいっそうかがやかな最終合格という名の希望と不安でおしつぶされそうになっているひとびとのなかで、葵《まもる》はやぶにらみの男とはちがって自分の吃音をひたかくしにかくして、法律の勉強に没頭しているふりをしていた。人生の方向にまよい、かれらのなかにまぎれこんでいたというのが、むしろ正確であった。そこではひとびとは無名の石ころのように忍耐づよく、なにものかに憑《つ》かれて、つかれはて、みじめで、そのくせ処女のように純潔な矜持だけはぬくぬくと温存されているのである。

「おまちどうさま」

底のあさい調理帽をかぶった、一見、白く肥厚した顔の眉がほそくて中年の中国人にも見える半袖の白衣の男が、カウンターにふとい指の両手でもった丼鉢を置いた。いつもオーダーするのは具のたくさん入っている五目ソバである。

ふつうの中華どんぶりにもやしやキャベツ、きざんだニンジンがてんこもりになっている。その上に大きな缶のギャバンのブラックペッパーをおおまかにふりかける。湯気をたてている野菜をかきわけて、アブラのまだらもようにうすく色のついたスープから麺を箸でかきわけてすする。熱い。口腔にあるのはわずかな時間で、すぐに咽喉を通って食道をすべってゆく。今日は塩気の加減がいつもより少しつよいか。キャベツとナルトと脂身が縮んでいる豚肉を食べる。レンゲでスープをすくう。胡椒がきいている。中細のほとんど真っすぐな麺をすする。舌にのせて少し時間をかけて咀嚼する。黄身のほくほくした半切りのゆで卵をすべらないように慎重に箸でつまんでかじりつく。殻の朱が汁にぬれて光っている海老は肉のつまっている身を食べるだけではなく、尻尾の殻まででがりがり噛みくだいてしまう。胡椒の黒い粉がしずんでいる最後のスープの一滴までのみほす。

金を払って店をでる。狭隘な通路をよろけるようにたどって地下鉄のホームにでると、答案練習会から逃げるようにとびだしたばかりのうす暗い街路での孤独のかげがうすくなるかわりに、葵はたいていやるせないほどの情欲のとりこになった。反対側のホームには、法律家以外のなにものにもなりえようがない地味なスーツの大柄の男が、眼鏡のまゆをくもらせて所在なげに立っている。おそらく地裁の職員寮みたいなものに帰ってゆくのだろう。ひとりの人間が自分の生涯をかけるに値するとしんずることができることなら、さけてとおれない前段階の仕事をやりとげるまで、何度でも命をけずっていどむのである。もうどこにも逃げるところはない。

これから地下鉄とJRを乗りついで都の西のはてまでかえる葵にとっては、ついさっきまでひたりこんでいた法律の言葉は、彼の皮膚を食いやぶってこころの内部へ、いま、胃袋をみたしてホームに立っている自分という存在の核心へとせまってこない。地上に置きすてられている葵の雑漠とした肉体は、ホームでふと見かける若い女のスカートからのぞいた白いふくらはぎにさえおもわず心臓がわなないてくるのをとめようがない。法律もなく、司法試験もなく、答案練習会もなく、言葉もなく、人間もなく、希望もなければ絶望もない、ちっぽけな部屋で、さかりのついた犬っころのように息をぜーぜーきらせながら女をだいていたい。

電車というのはやっかいな代物だった。昼間はまだしも、立っている客がちらほらしている夜間のいくらかすいてきた電車というのは、恐怖にちかい。司試受験生の仮面をかぶってレジュメをひろげて密封された鉄の箱の片隅におとなしくすわりこけていると、ふとした瞬間に、仮面をぶちやぶって街灯にむらがる羽虫のように孤独が蝟集《いしゅう》してくるのである。葵の青春は、こんなふうに電車の一隅でどこかの法律学者の学説をしかつめらしくよんでいるようなところにあったのか。そもそもこれらのことばが、吃音やたびかさなる挫折、失読症の苦闘と煩悶をくりかえしてきた内心といかなる関係があるというのか。自分とは一体なにか？　ひとびとの一つにとけあったおだやかでうるわしい輪の外側で、怯懦と恥辱にビクビクふるえながらぶざまにどもって立往生してきただけではないか。

いくえにも封印したはずの自意識の沈殿物が、電車のシートのひとびとの面前でまたたく間に全身にあふれてくる。「じぶんとはまっ赤な嘘っぱちだ！」地下鉄からのりかえて、夜おそい中央線下り高尾行きの電車である。あつい血が内部で破裂して、孤独の発作にみまわれたときの自分の顔を見たことはないが、それはおそろしく卑賤をきわめているはずだ。それはなにものともむすびつかない。精神のくらやみのおぞましい恥部の露呈にすぎないからだ。日本人は敏感である。さとい視覚をもっている。光学機器の世界的なブランドがことごとく日本製なのも当然のはなしだ。だれもかれも一目でひとを見ぬくするどい視覚をもっている。こいつらの鋭敏すぎるまなざしは葵《まもる》の恥辱にみちたところの暗部につきささってくるかのようだ。「いくらでもおれの世間にむけたいいかげんな仮面を剝ぎとってみるがいい。そこには自分なんてものはいやしない。おれはそうではない。きさまらに見られているのとはちがう」と葵はさけびつづけてきたようなものである。「きさまらの娯楽雑誌みたいなたのしい生活で満載の、体のいいうわっつらの言葉で自分が理解されるほどはらわたをかきむしられることはない」

ひとびとの視線にさらされて、劣等感でさいなまれた、うちなる自分のやりばのない羞恥で身をそめながら、かれはレジュメを鞄にふせて瞑目《めいもく》する。じっと目をつぶったまま、ひどくいやしい孤独の発作が内部を瀑布《ばくふ》のようになだれおちてゆくのをまつ。

自意識の発作がすぎたあと、しずかな空白がくる。たけだけしいものが怒濤《どとう》のひずめを蹴たてていったあとのしんとした内側の荒野で、葵は瞑目したまま女のことをおもう……。

あの女だ。逢ってから、まだひと月とはたっていない。

バスタオルをシーツにしたマッサージ台に一糸まとわぬ裸のままうつぶせになっていた。女もやはり全裸で、枕を両腕でかいこんで寝ころがっている葵の頭の左上にある洗面台の蛇口の水をジャーッとコップにそそいでいた。小柄だけれども、あんずのように熟した腰まわりからしたたかな大人の女の発条《バネ》が手脚へのびてゆく細身のからだをしている。葵よりはいくつか年上にちがいない。あまり喋らない。洗って乾かしたばかりのようにみえるたっぷりとゆたかな髪を王朝時代の女みたいにむぞうさに背でたばね、洗面台に傾けた横顔はクリムトが描く官能的な女じみて髪のなかに隠れてしまっている。キュッ、キュッと蛇口を何度もひねってコップにあたる水音がせわしなくしているので、小さな浴槽に湯がたたえられ、白タイルで密封された部屋は熱がこもっているから、女は咽喉が渇いて水を飲んでいるのだと思っていたが、なぜそんなにのどが渇いているのかわからなかった。

女はコップに水を入れたまま葵のところにきた。

最初、うつぶした背中の肩甲骨のあたりに、ひんやりと冷たい、ザラザラしたかみ鑢《やすり》みたいな感触が走った。それがなんであるかはとっさには理解しかねた。湯あがりのほてった肌にあたる女のすうすうとひそやかな息と皮膚をかすめる髪の穂さきで、ザラリと冷たいものは女の舌だということがわかった。コップの水で口をぬらしながら、女は葵のからだをなめていたのである。水で冷やされた舌苔の微細なつぶつぶが、ふだんそんなところはなめられたりしない過敏な肌にガラスの砕片のようにかんじられる。それが葵の背中をゆらゆら蛇行して腰まできた。そうして尻のどこかななめ上部、ふもとから丘をのぼりかけたあたりにヤスリの尖端がチリリとさわったとき、皮膚の一点で火箸《ひばし》にふれたように敏感にめざめたものがあり、ぴくりとからだが反応した。

女の舌は気配を察して、その一点にとまった。

裸身の今までまったく気がつきもしなかった性感帯を舌さきでほじるように執拗になめられて、筋肉の幾重にもおりたたまれたヒダの奥から、あまくとろけた骨の髄からわきおこってくるむずかゆい快感に、葵《まもる》は枕にしがみついてふしだらに声をあげた。

あおむけになると、葵のからだは女の息がかかるような目のまえで露骨な欲望の形をしめしていた。ヒヤリとする刃物のような女の舌の鋭さはすでにきえ、あたりまえのぬめっこい舌になって女と対面した上のほうから首筋、胸、乳首、腹、下腹、腰、大腿と下へ舌をはわせていった。そうして最後に頭を腰のところにずりさげたまま、朱にぬれて硬くなった欲望の核心を口にふくんだ。女上位のまま避妊具をくるくるとふくらんだ穂先から敏感な亀頭溝《きとうこう》をしめつけてたくみに葵のかたくなったところにはめると、交接の形になった。まるで精密機械のように男と女は緊密にむすばれ、対になった四つのかたくなった乳首はぴったりとかさなりあい、おたがいの陰毛をからみあわせてスローテンポのダンスでも踊るようにゆっくり腰をつかいながら、葵ののけぞった鼻のうえに声もなくあえいでいる女の赤い口腔がひらいていた。

しばらくして葵は下からぬけでると、蛇のように胴にからみついて腿をひらいて跪《ひざまず》いた女の背後にまわった。のぞきこむと、葵のからだの動きにつれて灯がさすようにほのかな内部を見せながら、隆起したり沈んだり、そこは鞏固で執拗だった。女は犬の姿勢をとりながらひとことも言葉をもらさず、つよく密着して灼けるようにひりひりした快感のほとばしる部分をのぞきこむように、髪のあいだから頸椎《けいつい》の骨のこぶをとびださせて、首をがっくりと不自然にしたにおりまげていた。

小さな部屋の入口のドアの上部に窓があって透明のガラス板がはまっている。見ようとおもえば、廊下から燦々とあかりを放射している室内の光景がまる見えである。「やってるぞ」とでもいっているのか、何かをひくい声でつぶやいている客と一緒に廊下をすぎてゆく女のキラリと光る目と、室内の情事に共鳴したように上気してゆがんだ表情が、透きとおったガラス窓に、瞬時、ながれてゆく。はじめて会った女のほそい腰をこのときとばかり両手で白く指あとがつくくらい乱暴につかんで、なおも葵は女をついた。

女からはなれても、なおも昂揚の残照はつづいていた。おんなの小さな手で石鹸のアワをたてられているそこは、性愛の部屋にそぐわない可憐な白い花のにおいをかすかに空気に織りこんで多量のものが避妊具に出しつくされたというのに（女たちはほとんど例外なく避妊具中の質量を、まるで彼女たちの仕事のあざやかな成果であるかのように目の高さに掲げて確認する）、昂揚したときの容量をほとんど失わずにまだ熱っぽいものをたっぷりとふくんでいるかのようである。女はふと手の動きをとめると、値ぶみでもするように掌のうえでぽんぽんと二、三度はずませた。葵は女の名前も知らず、ろくすっぽ顔も見ず、まともに言葉もかわさず、一仕事おえたひとのように充足していた。

郊外の駅でおりると、葵は法律書のつまった鞄をさげたまま女のいる店にむかった。

そこではなにがしかの金を介在させると、普通の男女関係だったら、そこにたどりつくまでにへなければならないであろうさまざまなプロセスをいっさいはぶいて、それまで見ず知らずの男と女は町角でふいにぶつかったようにであい、コンクリートの小さな密室で衣服をむしりとって、生まれたままの裸体をからみつかせる。古代ギリシャのパウサニアースがパイドロスにいうには、地上のアフロディーテから発するエロスはいたるところにころがっているもので、風のふくまま気のむくまま、こともえらばずにやってのけるのである。

フロントの男に先だっての王朝時代の女のように長い髪をした女の特徴をつげた。名前はわからない。腰までとどきそうなながい髪のほかは、比較的小柄で、おとなしそうな横顔をしていたというくらいである。

すると男はとたんに目をかがやかせて、

「ああ、ふじですね」

と大きくうなずいた。ふじという名前だったらしい。

ロビーで待っていると、しばらくして二階の階段から下りてきたのは、髪はたっぷりしているものの見おぼえのある束髪の女ではなかった。はじめてあう桃のように白いほおをした若い女が、階段の途中でけげんそうな顔をしてロビーを見下ろしていた。葵は声をかけられたので、ともかくソファーから立って靴をぬいで階段をあがっていったが、そのときもう一度女の顔をしげしげと見た。女も葵とそっくり同じ顔をして彼をしげしげと見返した。

「まちがえちゃったの？」

葵の靴をもって部屋に入ると、女はいった。

「いや、いいよ」

「まちがえちゃったんだったら、わたしはいいわよ」

「このままでいい」

めんどうくささが先にたっていた。先日の女も偶然、であったにすぎない。

「だれか友だちにでもわたしの名前をきいたの。わたしとははじめてよね？」

「はじめて」

「うふふ、へんなのねえ」

女は、原宿や渋谷などの華やかな都心の歓楽街を無邪気にあそびあるいている女の子のようである。元気で、くったくがなく、ヒップアップのお尻がセクシーにつきでて、おさない、あけっぴろげの美貌をもった顔をしている。外形的な年恰好は葵に似あっているかもしれない。

葵は初対面の女のまえでするすると脱衣をはじめた。精神の狭窄衣じみた孤独がしみついている衣服をぬいでしまえば、いくらか寸足らずだが、少年時代からスポーツばかりやってきた、どこにでもいる若い男のからだが出てくる。都心の街路や電車のなかでおどおどした司試受験生のうすっぺらな仮面をはりつけているよりも、こと肉体に関しては、はじめて会った若い女の前でなにもかもほうりだして、全裸になる羞恥心はとりたててなかった。性欲＝肉体の因数分解は社会との関係式としては、きわめて簡明だった。少年期に熱中したスポーツのようなものというよりも、スポーツそのものだったかもしれない。羞恥のカケラもなくあまりにあっけなく脱衣したせいか、むこうをむいて用事をしていた女は反射的にふり返って、かれの下半身を好奇と恥じらいの横顔を見せてちらりとみた。

湯からでると、バスタオルをひろげてすぐまえに立った女に神妙な顔つきでぬれた股間まで念いりにふいてもらってから、マッサージ台に坐ってコーラを飲みながらタバコをふかした。まだテニスウエアのような白いミニスカートと半袖シャツの着衣のままならんで坐っているふじは、まるく猫背になってコンパクトをのぞきこみ、右目のまゆのあたりをしきりに気にしている。

「どうした？」

と葵が問うと、

「けさ、カミソリできっちゃったの。キズができてるのお」

と顰《しか》めっつらであまったれた声をだした。

「どこ、見せてみな」

水晶玉みたいなにごりのない黒い瞳がきょろりと葵のほうにむけられた。あらたまってよく見れば、すっぴんのきめがこまかくてビロードのように白く冴《さ》えているわかい肌のどこにも傷あとのようなものは見あたらない。

「なんともなってないぜ」

「ほんと？」

「キズなんかどこにもついてないよ」

すると間近のふじの顔が、急に大きな花弁がひらくように葵にむかってひらいた。

「ほんとお！　よかったあ！」

「そろそろはじめようか。二回してみるか」

「そのかわりお金は二倍よ」

「うそつけ」

「だってえ、二回分だものお」

つづけておさない美貌にあふれた顔は、大人っぽい憐憫《れんびん》をいっぱいにふくんでバスタオルを腰にまいた葵のからだをわざとらしくじろじろ見ながら、

「あんたって好きなのねえ」

といった。

ふじが服をぬぐと、この世ではじめて出会った若い男女の裸体がせまいマッサージ台にふたつころがった。ふじのからだは未成熟というわけではないが、その肌にはまだ大人の女のかげりみたいなもの、生活の澱《おり》みたいなものがよどんでいる気配がない。葵がからだをずり下げて頭を彼女の腰にもっていって、なめらかな大腿を腕にとって大胆にひらくと、天井のまばゆい蛍光灯に白い肌が内側にそって透きとおるように光った。そのあざやかに耀映しているところを、葵はさかりのついた犬っころのようになめた。にわかに欲望がからだじゅうに氾濫してカッとたかぶった唇と舌でなめまわし、腿のつけ

ねの快楽の源泉を昂奮して乾いてならない舌の先でまさぐった。濃い草むらの蔭でほのかに色づいているそこは、まだ少女のように清らで、味はなく、なんのにおいもしない。

　これといった前戯もなくからだをかさねたとき、膣口で子宮が下りてきたかのように陰茎にまとわりつくものがあった。その違和感を葵を経由して感じとったふじは、下から鏡をのぞくように葵の顔を見た。亀頭を包みこむようにしているものはそのまま腰でおしさげると、なかのほうへおさまった。ふじの顔はふたたび安堵したものになり、終始、無感動のようすで左手の小指にはめたほそい銀いろの指輪をもう一方の手の指でいじったりしていた。それは葵が高田馬場の牛乳屋のそばのディスカウントショップで買ったパーカーの銀の万年筆みたいに格子のギザギザの線条が入っていて、それを指先でつまんでまわしてみたり、ぼんやりと思い出にふけっているかのようにもてあそんでいるのである。

　直後にからだを離そうとしたとき、葵がなにかおかしいことでも口走ったのか、かれの顔とほとんどくっつきそうなところで、ふじはまた大きく花弁がひらくように顔をひろげて笑った。葵は満足していなかった。

　立ちあがったうしろで、ふじは葵の性器からはずした避妊具中の質量を目の高さで確

認していたが、

「あら、ごめんなさい。忘れちゃった」

と声をかけた。

なにかと思って目をむけると、ふじはいそいそとコップに蛇口の水を入れて葵の前にさしだした。しかし、葵のほうがすでにふじの陰部に口をつけたことなどわすれてしまっていた。だからコップの水はすこしばかり口にふくみ、含漱《うがい》のまねごとをすると、そのままのんでしまった。水がごくりとのどをとおるとき、前にたちつくしていたふじと目があった。その一瞬、びくりとおどろいたように葵を見つめていた。

もう一度湯につかると、ふじは浴槽のかたわらにたたずんでいたので、葵の目と鼻のさき、手をのばせばとどくところに少女っぽい肌とふつりあいに、そこだけあらったばかりで黒くふっくらと立っているものがあった。ふじは葵の視線を意識して指先でさらりとなでるようにすると、

「すごく毛がこいでしょう」

といった。

「ゼイタクしちゃうからだめね」

つづけてラファエロの宗教絵画の宙に舞う天使みたいなぷっくりした下腹を指さしながら、その日、朝起きてから食べたものをじゅんに話しだした。それからアレでしょう、コレでしょうと、そのなかにはあまり贅沢ともいえないインスタントの麺やうどんが入っていた。ふじは品川に住んでいるといっていた。葵は、かつて結婚するまで同居していた姉がそうであったから窓辺に黄色いインコの鳥籠《かご》がぶらさがっているような、ごくありふれた女の子の部屋をおもいうかべた。

「もう一回しなくてもいいんでしょう」

「いい。このつぎにしよう」

「このつぎ?」

「そう。このつぎきたら二回しよう」

「一回分のお金で?」

「そうだよ」

「ふじさんのおま×こってやすいわねえ。ふじさんのおま×こって!」

湯から上がってからだをふいてもらってから葵が着衣をはじめると、ふじもむきあって着衣をはじめた。

第二章　てんぷら屋の女房

てんぷら屋の女房に葵《まもる》がはじめて会ったのは、その店の開店の日だった。

欣央《よしお》と葵の兄弟は、家業の銭湯が休みの日に夜がふけてからよくつれだってそとへ酒をのみにでかけた。ほかで独立して飲食店を経営している長兄に似て、次兄は底なしの上戸の父親の血をうけている。弟の葵はそうではない。夜、ふとんに入って電気スタンドの明かりで本を読みながらグラスのウイスキーで寝酒をする習慣はあるが、たいしてのめるわけではない。次兄につきあって町へでかけるのである。

欣央は一年前に最初の結婚にやぶれて、裁判所の本訴から和解をへて離婚した。葵が兄と一緒にそとへ酒をのみにゆくようになったのは、そのころからである。次兄はもともと父親よりも背の高い母親に似てすらりとしたからだつきで、秀でた鼻に眼鏡をかけて、一番上と一番下にはさまれて家の仕事ばかりしていたから、かならずしも学校の成績はよくなかったが、次男坊らしい社交的な善人だった。専門学校を卒業後、会社づとめをしていたときに専用の登山靴まであつらえて登山やらハイキングの同好会をつくって、繁華街で男女の新会員をつのっては、つぎの日曜日には水芭蕉の尾瀬沼の木径だの、そのつぎは上高地の河童橋から大正池だのとさかんに活動していた。よく行くバーで何もしらずにニガヨモギの草香のするみどり色のつよい酒をのんで、ひっくり返ったという話を葵がきかされたのはそのころである。水でわらないとしたら、七十度近いアブサンであった。

「なんだかヘンなあじのする酒だとおもったんだけど、バーテンがカウンターに置いたグラスを一気にあけて、席を立って二、三歩進むと、バーの白い石膏ボードの天井がうえのほうからぐらりとまわってきたんだ。ああいう経験ははじめてだった。気がついたら、床にあおむけにのびていた」

規則だらけの専門学校から解放されて、社会にとびだしたばかりの時代の風俗を若者らしく謳歌して、ガールフレンドにも不自由しなかった。すぐに車の免許をとり、知人に借りた大型のアメ車で男女カップルの二組で箱根までドライブした。ＴＶドラマで人気があったアメリカ西部劇の男優みたいにリーゼントスタイルにセットした髪をスプレーでかためて、毎月、スーツを新調する伊達男だった。

酒が入ると決まって、欣央《よしお》は前妻との破綻にいたった経緯を微にいり細にいり、ときには夫婦の寝室にまでたちいって、そうすればこころのキズがかるくなるとでもいうように何度もくりかえして弟にこぼした。市会議員が媒酌した隣市の地主の末娘との縁組だった。相性がわるすぎた。女は、高校時代、女子バレーボールの全国的な強豪チームに一時所属していたこともある長身の美人だったが、どこかに恋やつれしたような印象がつきまとった。結婚を前提につきあいはじめた当初から風むきが不穏だったけれども、嫁にゆく本人の意思は二の次で、まわりの大人たちの思惑で結婚式までもちこまれてしまったようなところがあった。

「仕舞掃除《しまいそうじ》が終わって、釜場の上でおふくろや葵なんかみんなと一緒にビールを飲むだんべえ。そのときはにこやかに普通に口をきいてていいんだよ。ところが、いざ、みんながひきあげて、二階の部屋におれと二人っきりになるよな。そうなると、がらりと態度が変わって、もうそれっきりとりつくしまがねえからな。つんつんしてまともに口なんかきいてくれないよ。アノ最中に、あそこに『爪を立てたでしょう』といきなりぷんぷん怒りだしたこともあった。『ばかいえ、おれがそんなことをするか』といったんだけどな、ぷんぷんおこったきり、あいつときたら、へヘン、おかしいんだぜ、あそこをぬらしているくせに、そのまんまおわりだ。わかるか、こういうときの男のつらさが。ひとりもんにゃわからねえだんべえな。結婚して女房がいるのに自分でしまつしなきゃならねえ男のみじめさったらねえぞ。どうしてあんなのと一緒になったんだか、おれはわからない」

時代劇映画の俳優にも似てハンサムだった学校出たてのころとくらべて、髪が父親のように若禿げでうすくなり、癇癖《かんぺき》そうな額がまるくはりだしてきはじめた欣央の弟にしかいえないような愚痴は、たいていおなじ、夫婦生活の波乱をふくんだディテールを、ああだんべえ、こうだんべえと一緒に酒をのむたびに眼鏡の奥の目をすえて執念をこめてくりかえす。一年間ぶっつづけて毎度おなじみのくりごとに、へえ、はあ、なるほど、それは大変だったなあ、と感動あらたにこころからの同情をしめすのに葵はいいかげんくたびれた。

「おれはおやじさんのまえでみゆきをかならず幸せにします、って約束した。だからそうできなかったときは、おやじさんの家で腹を切る」

「そのときは、おれが介錯してやるよ」

と離婚訴訟で供述書の下書きやら、都内の事務所から多摩の地裁支部までやってくる老弁護士のおくりむかえの車の運転手やら、裏方をまかされていた葵は本当に一緒に車で町田に行って、兄の岳父の豪勢な鉄筋コンクリートの家の応接室で欣央の首を日本刀で刎《は》ねるつもりでいたのである。だから後に裁判所で離婚が成立して、

「あんな女のために腹を切ってもしかたがない」

と欣央がいったときは、葵はなんだかがっかりしてしまった。

末弟の葵はまだ結婚したことがない。兄弟とはいっても、高い鼻梁に眼鏡をかけてすらりとした痩身の欣央と、小柄だが、中学と高校の途中までバスケットの練習やら空手の町道場の稽古に熱中してきたことから、からだを使ってあせをかくことを好む、スポーツマンタイプの葵とは外見上似かよったところはすくない。それどころか、ふたりは五歳ちがいの血をわけた兄弟なのに水と油のようにことなっていた。葵がひとびとの輪の外側でぶざまに立往生して、他人とわかちあうことができない孤独を内心ふかくやどした人間ならば、欣央はおだやかにひとびとの輪のなかに自足している人間だった。そうして家族のなかで幼年期からしたしんで、唯一、葵がのびやかに口をきくことができる

のがこの欣央なのであった。ただ兄というよりも、遠慮なくはなしができる友だちらしい友だちもいない葵にとって、次兄は親友でもあり、あるいはもっとそれ以上に社会への窓口ともいうべきものであった。欣央《よしお》を通じて葵はしばし自分の隔絶《かくぜつ》の意識をわすれ、あたかもひとびとの輪に参加しているかのような気分をあじわうことができたのである。

「昼間見かけたんだよ。今度、この店にいい女がきたぜ。ここらじゃあんまり見かけねえいい女だった。入ってみるか」

「いい女？」

兄弟は甲州街道から中通り方面のスナックを何軒かはしごしてきて、最後に銭湯の路地を入ったところに数軒ならんでいる店のひとつ、てんぷら屋にたどりついたのだった。この路地の銭湯とは反対側のすぐさきに、ＪＲ中央線の駅がある。

暖簾《のれん》ごしにあかりがもれ、乙女が恥じらっているようなピンク百合やトルコ桔梗《ききょう》のこじんまりした開店祝いのスタンド花輪が店頭にかざってある入口をくぐると、カウンターにステンレスを張って真新しい内装でピカピカしている店内は、もう夜がおそいのに、大勢の客でたてこんでいた。そのなかで長い髪をひっつめにしてうしろでゆわえた若い女が軽快にたち働いていた。おでこをあらわにしたまるい顔は、照りはえるように白く、頬骨のあたりがふっくらとして、自然のまつげが美しい温和な動物のようなやさしい目をしている。

葵のとなりのカウンターで、一尾まるごとの大きな魚のあげものを箸でほじくって食べていた眼鏡に角刈りの会社帰りらしい背広の客は、さかんに女房をほめた。

「感じがういういしくってとってもいいよ」

「どうもありがとうございます。これからもよろしくおねがいします」

女房は舌足らずのような、少し鼻にかかるきれいな声でいって、ぺこぺこ頭を下げた。

「そう、そう、それがとってもいいよ」

「ありがとうございます」

と女房は懇切にくりかえして頭をぺこぺこ下げるのである。葵にはそういう彼女が「いい女」どころか、なんだか自分に近い、親戚の娘かなにかのようにおもわれて痛々しくも見えてくるのだったが、肴《さかな》に興味をおぼえてその客とおなじものを注文したら、もう品切れになっているとつげられた。

たちまち閉店の時間になり、気がついたら客は葵兄弟だけになっていた。

「お店の名前ですが、これはなんてよむんですか?」

と欣央《よしお》が割箸の袋の「天志家」という文字をしめしてきいた。

「てんぷらを志す家と書いて、『てんしげ』というんです。ね、あんた」

と女房が亭主に同意をもとめながらこたえた。葵は酔いにまぎれて、カウンターのなかにいる五分刈りの、女房みたいに肌は白いけれども、短い五分刈りの頭に目玉のギョロリとした主人にビールをすすめた。

「車ですから。いつも追分《おいわけ》のところで一斉をやってるでしょう」

天ぷら屋の住まいはべつで、この店には車で通っていた。葵はつかんだビール瓶を宙にうかせたまま、

「奥さん!」

とよびかけた。女房はカウンターのなかにかけこんできて、近くにふせてある未使用のコップをすばやくとると、

「すみません」

とひとつぺこりと頭を下げて両手で行儀よくビールをうけた。

「あんたとおなじくらいかしら」

女房はコップに口をつけてから亭主にはなしかけた。葵の年齢をおしはかっているようだった。かれは、長袖だったのを自分でハサミで半袖にちょん切った上半身にぴったりした派手な黄色いTシャツを着ていたが、女房が肉の厚い胸のあたりをしげしげ見つめているような気がしたので、てれて顔をうつむけた。

店をでるとき、兄弟は開店祝いの小さな箱に入ったものをもらった。あとで開けてみると、一輪ざしの小さな花瓶が入っていた。ふたつとも同じ可憐なレモン色をしていた。

それから数日後の昼、葵はてんぷら屋の前の路地で女房にであった。そこは飲食店がちらほらとならんで、夜間、うすくらがりにまぎれて電柱の蔭で用をたしやすいところから酔漢たちに「しょんべん横丁」とよばれている駅にぬける小路である。葵《まもる》は高田馬場の牛乳屋の二階へでかけるところで、洗いさらした白無地のスポーツシャツによそゆきのライトグレーのスラックスをはいて、手に法律書のつまった鞄をさげていた。

女房の白い顔を視線の端でちらりととらえたとき、困惑してしまった。酒でも入っていなければ、そばに次兄の欣央でもいなければ、ひとと満足に口のきけるような男ではなかったからである。それはかならずしも臆病や内気というものではなく、少年期のあるころより外界というものとは奇妙に隔絶した関係におちいっていたので、そとの世界と接しようとすると、ひどくまごついてしまうのである。

葵には関係が欠落していた。孤独にふけって、いくつもの大型スチールの書架に書物がならんでいる部屋から外の世界へ一歩ふみだそうとするとき、しばしば胸のつぶれそうなとまどいをおぼえた。むこうからやってきてすれちがう通行人はそういう葵を見て、まるで鏡でものぞくように自分の前髪をなおしたり、口もとに手をあてたりする。見知らぬ人間のそういう所作は過敏な葵をきずつけた。

てんぷら屋の女房は、最初、路地の駅方面の出口に接してスーパーマーケットの四階建てのビルの裏にある不燃物のゴミ置場のほうに腰をかがめていた。路地はいくらか傾斜していて、ゴミ置場のほうがいくらか高く、葵は反対側の低くなっているどぶ板にそって歩いていた。女房は質素な木綿の膝下まであるワンピースのスカートを身につけ、ひっつめにした髪をうしろで二か所ばかりむすんでいるところも、やはりはじめて見たときのようにつつましく、善良な雰囲気をたたえた、どこにでもいる若い主婦そのものだった。

ただ初夏らしいうす地のスカートにつつまれた高い腰からサンダルをつっかけた白い素足にいたる俊敏なアスリートをおもわせるのびやかな線が、高貴な美術品のように絶妙にバランスのとれた、気品のある、目にしみる美しさをたたえているのである。はじめて女房を見たときは次兄がいったようにはとりたてていい女だとはおもわなかったが、それはどうやらあやまりのようだった。この女が、葵のその後の半生にかかわりつづけていくようになろうとは、まだこのときは知らずにいた。

困惑して歩いていって女房とすれちがいそうになったとき、ちょうどむこうからこの路地でラーメン屋をやっている中学時代の同級生が出前のバイクに乗ってやってきたので、葵はすくわれたようにかれに手をあげて、女房とはまともに顔を見合わせずにやりすごした。

葵はすでに二十五歳をすぎていた。大学四年の時に就職活動もしないでぐずぐずしていたら、いくつかの企業から就職勧誘の封書がとどいた。あなたの先輩たちが活躍しています、とスナップ写真入りのパンフレットがそえられた証券会社からのものもあった。アットランダムにそのなかの一通をえらんで、御社に行きますよと返事を書けば、就職が内定してしまうような経済発展期のよい時代だった。しかし、こんな自分のような劣等生のところへもの好きな会社もあるものだと思ってなかをのぞいてみることもあったが、一つのこらずやぶってごみ箱にすてた。青春の沸騰するマグマをたたえたこころのまどいは、このままわりふられた人生の階段をのぼってゆくことではとうてい決着がつけられなかったのである。当然、のちに高いツケを払わされることになるが、そんな悠長なことができたのは、家が駅近くの好立地で、まだ町のひとびとの需要が高くてはたらき手を必要とする公衆浴場という自営業であり、末子を法律家にしたいという父親の希望もあったからである。さらに大学を出たらすぐに働かなければならないという逼迫した経済的な事情がなかったからであるけれども、当然、そのような人生を猶予したあまえと矜持のそこには、社会的不適応のおそれがとおい海なりのように鳴動していた。

学生時代、小説の習作原稿を文芸誌の懸賞に熱心に応募して、かならずしも編集部の反応が冷淡ではなかったこともあり、あたかも大学卒業と同時にその世界で生きてゆけるかのような夢をみたこともあったが、しょせん夢は夢でしかなかった。文体の形成プロセスに尊大にすぎ、その機微がまったくわかっていなかったからである。たしかに主観的な素質は文学的そのものではあったが、それと客観的な社会をつなぐ径庭ははるかなものがあった。そしてもっとも影響を受けたロシア小説で、主人公は文学に耽溺《たんでき》する生活を、「しかし、それでもときどきおそろしく退屈になった。なんといってもやはり活動したくなってくる」※1と書いているが、この「活動」とは肉体の作用にほかならない。文学は自分という存在の核心的な部分にくらいついている。熱中するときは、すべてを忘れてそれにうちこむ。ただしかし、それでも蜜のように誘惑的でやっかいきわまりない肉体の世界を焦《こ》がれるあまり、ときどき退屈でやりきれなくなった。そうしてさらに敬愛するオーストリアの孤独な詩人、リルケが説く、「詩をつくることを何年も待ち、長い年月、もしかしたら翁になるまで深みと香をたくわえ、最後にようやく十行の立派な詩を書くというようにすべきであろう」※2というのが表現というものの深い真実をふくんでいるようにおもわれる。そのような創作行為はマスコミというものとはおよそ関係なく、芸術という名に値する何らかの作品をつくりだすということは、とてつもなくながい時間がかかるにちがいないのである。

もうひとつ、先行者をなやまし、命すら的《まと》にしなければならなかった重要な課題がひかえているような気がしてならない。これは後年になって米ワシントン在住の国際政治アナリストによって啓発されたところが大きいが、それは国家というもの、社会というものの徹底的な正統性（Legitimacy）の問題である。もし戦後社会が憲法規範をはじめとして、独立国家としての自主防衛権、他国との安全保障条約などが虚偽と欺瞞（Big Lies）のうえになりたっているとしたら、そのようなパラサイトたちの《エセ独立国家》

に、そもそも正当きわまりない内心の発露である文学というものはなりたちようがないからである。虚偽なる土壌には、正統ではない、贋物《がんぶつ》の、虚偽なるものしか生じようがないからである。

この郊外から都心につくまでの小一時間あまりのあいだ、電車ではできるだけ静かな端のほうのシートにすわり、膝のうえに置いた鞄のうえでなにかしら法律の本を開く習慣になっている。いくつかの駅をすぎて、気がつくと、小学校三年生くらいの男の子とその母親らしい中年の主婦が前に立っていた。大きな目に睫毛の長い少女のようにととのった顔だちの少年とくらべて、主婦のほうは肥えた芋虫みたいに肉のあつい顔にほそい目がはまっていて、親子というにはふたりの印象はちがいすぎた。どこかの令息につきそっているお手伝いさんのように見える。しかし、主婦が子供にはなしかける言葉は母親のものだった。葵の顔のすぐうえで、窓外の景色をおってちらちら揺動している少年のひとみの虹彩に、うすくかげがさしているのに気がついた。葵はすこし考えてから鞄と本をもって立ちあがると、母親にいった。

「子供さんをすわらせて」

「あらまあ、どうもすみません。どうもすみませんねえ」

と主婦は沿線の多摩近辺の言葉なまりでいった。子供は手すりのパイプから半ズボンの足をドアのほうへむけてだし、目はやはり外をすぎてゆく景色をおっていた。その口もとに母親は小さなビニールの袋をあてがうと、

「ちょっと吐いてごらん」

といった。少年が小声でこんこんとせきこむと、透明な袋に白い液がちょっぴりこぼれた。

第三章　幼年時代

葵が奥相模のみずうみのほとりの村から、都県境のうねうねした峠を越えた東側の町に引っ越してきたのは、小学校三年が終わって四年になる直前だった。

田舎での最後の学芸会で、葵は学年でだす劇の主役にえらばれた。その筋は、主人公のクマの子供が帰ってこないので、きつね、たぬき、うさぎさんの家をたずねてあるいてゆくものである。一日の勉強が終わってから、机を教室に片よせて空いた床に車座になって劇のケイコをするのである。主役のせりふが一番おおい。

「もしもし、きつねさんですか。うちの子供がまだかえってこないんですが、もしかしたらきつねさんの家によっていませんか」

「いいえ、クマさんの子供はうちにはいませんよ。たぬきさんのところにいってみたらどうですか」

「どうもありがとう。ではたぬきさんの家にいってみます」

「もしもし、たぬきさんですか。うちの子供がまだかえってこないんですが、もしかしたらたぬきさんの家にいませんか」

言葉は、機械油でべっとりした砲丸投げのたまほどもある鋼鉄の球でもあるかのように、重く、堅固で、ぬるぬるすべって、発声者をさんざんてこずらせたあげく、だれにでもはっきりわかる言葉としてなかなか口から出てこない。内界の深いところに沈んだまま、明るい外の世界にむかって発せられることをためらい、恥じ、おそれ、縮こまっている。自分の手にはおえない難渋きわまりない物質のごとき言葉と格闘しながらちらりと目をあげると、あごをかたむけて心配そうにこちらを注視しているケンちゃんの顔や、眉をつり上げて怒っているようなキミちゃんの顔、今にも笑いだしそうなヒロシの赤い顔がすぐそばにせまっている。先生はスリッパで床をこすってやってくると、一瞬、じっと葵の横顔をうかがってからほかのグループのところへ行ってしまう。まだ初歩的な練習の段階でこんなにしどろもどろだと、本番の学芸会ではどんなことになってしまうのだろうか。劇の進行どころではなく、ひとびとの凍《こお》りついたような空気のなかでただぶざまに言葉につまったまま舞台で立往生しているしかないのか。

田舎の学校で、葵はクラスの友だちから自分のどもりを直接指摘されていじめられたことはいっぺんもなかった。だから自分の口からは言葉がでにくいということは知っていても、そのことにドモリという名前がつけられていることは知らなかった。

二年生に進級してから、あるとき、こんなことがあった。

朝、小学校の正門に通じるゆるやかな坂を上っていると、不意に背後でいきおいよく爆竹でも爆《は》ぜるようなさわぎが起こったのである。

「やーい、おめえ、どもってみろよ！ せ、せ、せ、せんせい、お、お、おはようございますっていってみろよ！ やーい、おめえはどもりじゃねえか！ だったら、ど、ど、どもってみろよ！」

ひとりの下級生のまわりで、同学年らしい体も大きい三人ばかりの悪童たちが嵩《かさ》にかかってはやしたてているのである。朝の光をあびて薔薇《バラ》いろにかがやいているわんぱくたちの頬にとりかこまれて、一言も反抗もせずに悄然とうなだれたままの一年生の顔色は褪《さ》めたように色をうしなっている。なんてよわよわしい、みにくい顔をしているのだろう。今日一日、学校でそうやって悲しげに黙ったままでいるのだろうか。

そのみじめな下級生は葵にほかならなかった。この悲しい自己認識はそれから葵のこころの底にすみついた。自分というものはあおざめた顔でただひとりうなだれているほうであって、決して燃えるように赤い頬の側ではないのだ。世界からこぞってやっつけられる方ではあっても、決してやっつける側ではないのだ。

劇の練習で心労がつのったのか、葵は風邪をひいて寝こんだ。その間、強迫観念じみた悪夢にくりかえしなやまされた。風邪が早く癒えてしまうと、村の人々がたのしみにしている本番の学芸会に間にあってしまう。なんとかうまくやり過ごすためには、病気がぐずぐずながびいてくれればいいのである。娯楽のとぼしい田舎では、村人たちがご馳走をつくって都会の親類をよんだりして、小学校の教室をぶちぬいた学芸会の会場にでかけるのである。それらの人々の熱気でみちた舞台で、葵は主役を演じるのだ。

日あたりのよい表の庭に面した障子戸に接してふとんをしいて寝ていたが、障子の桟のラインが徒競走の白線になってうさぎと亀の競争を連想させ、亀がもうほとんどゴールに達しようとしているのに、背後から土煙をたてて猛烈な勢いでうさぎがせまってくる。「ああ、もうだめだ、このままだとおいぬかれてしまう」と寝汗にまみれた不安な胸のうちで絶望にくれる。うさぎはおそろしくてならない学芸会の期日だった。

父親が勤めの帰りに風邪薬を買ってきてくれたが、枕もとにかしこまって茶碗の水で小さな錠剤を嚥下しようとしたが、どうしてもうまくできなくて、唾液でぬれた白い粒がひざもとをころころところがった。その行儀のわるさをせめるでもなく、

「のめないか？　うん、いいんだ、いいんだ」

と父親はやさしかった。葵を苦しめていたのは、けっして風邪なんかではなかった。学芸会の当日にはすでに風邪は癒えていた。

その日、父は村のにぎやかな行事がおこなわれる小学校とは反対の方角、都県境の峠を越えた東側の親戚に葵をつれて行った。葵の家族はこの年をかぎりにその町へ引っ越してしまうのである。だから担任が思い出に彼を主役に抜擢《ばってき》したのかもしれなかったが、それは逆効果に終わった。甲州街道を反対の方向にバス停まで歩いて行って、あれから劇の練習をすっぽかしたままになっているクラスの友だちとであったらきまりがわるいので、父親にせがんで湖岸にそった裏道をゆくようにこうた。

「よしよし、そうか、そうするか」

大きな父親の足もとを病みあがりのうつろなこころに不安をいっぱいつめこんであるきながら、みずうみはすぐそこで気味のわるい膿汁《のうじゅう》のようなうす緑のいろをたたえて、

まるで大地にはいつくばった生きもののように満々とみなぎっていた。もうこの風景を見ることもなくなる。しかし、これから都会の親戚の家に行って、一体なにがあるというのだろう。ゆく先にこころおどるどんな愉楽や希望があるというのか……。

葵《まもる》の生命の黎明期とおぼしき光景の記憶がある。

まず湯である。ふるめかしい湯殿といったうす暗い風呂場で、葵はうしろからダッコされてだれかの丸太のようにふとい腿の上にお尻をのせ、両手で湯船の木のふちをつかんでいた。ほのかに湯気がたって黒く透明にゆらめく湯面をすかして見ると、お尻が接触しているひとの肌があざやかに白く、ここちよくすべすべしているのである。とおもうまもなく赤んぼうのからだは背後から両脇を抱えられて軽々と湯からひきぬかれ、今度は目のまえの板の間の高みでおおきく手を広げている母の満面の笑みをたたえた顔があった。こどもを風呂に入れるのは父親の役目だった、という話はあとで母親にきかされた。だからお尻をのせていた白くてすべすべした腿の主は、父親だったのである。

そしてもう一つの光景……。

やはり頭上のどこかに黄色っぽい電灯がぽっかり点っている。葵はミノムシみたいに爪先まで布にくるまれた両足をなげだして畳にすわっていた。左手のほうに大きな食卓がのべられ、複数のひとびとがものしずかにならんでいる。足をなげだしているお櫃《ひつ》をはさんだむこうの頭上では、母親がもぐもぐとごはんをかんでいたが、そのいったん咀嚼したものを口外にだすと、笑顔のしわの陰影をいっそうこくして、箸のさきにのせて口もとにもってきた。だから嬰児は一切顧慮することなく、その食べものを当然のようにわが口にふくみ、当然のようにおいしくたべた。

そうして、ようやくよちよち歩きができるようになったある日の出来事である。

家のまえの街道に濃いみどり色の車列が、お大名の行列のように遠くまで長々ととまった。たまたまそとの庭に出ていたものと思われる。それまでこんな車の行列は見たことがなかったから、興味にそそのかされてよちよちと近づいていったのである。すると、ある車のなかからしきりに手招きしている人影がみとめられた。だから磁石にすいよせられるように自然にそのほうにあゆみよってゆき、車のシートに自力でのぼると、手招きした人物とまじかに対面したのである。

さて、昼間のあかるい光のなかで、葵はどこかの知らないおやじさんと対面した。おやじさんは助手席から背後にふり返って、まずそわそわとうれしそうに車のパイプに置いた幼児の両手を一瞥してから、まじまじと顔をむけてきた。だから葵もまじまじとおやじさんの顔を見上げた。ずいぶん長い顔である。頭に車とおなじ深緑の帽子をかぶり、その真ん中に短い白い線が入って、そこから顎の尖端までがやけにながい。目玉をキョロリと上下に一巡させなければならない。そして、顔の色である。きわだって赤い。赤くて、そのうえ、垂れさがった鼻を中心にやけに黒い。

後年になって得た知識によれば、そのおやじさんはアメリカの軍人で、頭にのせたモスグリーンの帽子は鉄兜であり、白い線は将校の階級章だったのである。葵が乗りこんだ車は、米軍の一台のジープだった。

アメリカに、スピルバーグの「ジョーズ」という映画で、平和な海辺の巨大な鮫に襲われた避暑地の保安官の役をやったロイ・シャイダーという俳優がいる。誠実と勤勉を絵に描いたような、モンタナとかケンタッキー、アラバマなんていう田舎の篤実な農夫のような雰囲気の男である。葵が対座していたおやじさんはその俳優によく似ていた。目がほそく垂れさがっていて、皺になった目尻のほうからあふれるようなやさしさがただよってきて、もしだれかに、たとえば母親に、

「このおじさんがマモルのお父ちゃんだよ」

といわれたら、

「うん、おとうちゃん」

と反射的に口をついてでてきたにちがいない。

ロイは指でつまんだ何かを、ひょいと幼児の口にほうりこんだ。子供はそいつを舌先でぺろりとなめてから、生えかかってきた奥歯のほうでおもいきりガリッとかんだ。とたんに、びっくり仰天した！　ガリッとかんだ音はそのままじかに脳天にひびき、同時にこれまで経験したことのない強烈な味覚が口いっぱいにひろがったのである。常日ごろ、軟弱きわまりないものばかり口にしていたものにとっては、青天の霹靂《へきれき》、あたらしい天体の発見に比すべき大事件であったので、あざやかな驚愕で目玉をぐりぐりと大きくむくと、おやじさんも目をまん丸く瞠《みは》ったのである。未知なる味覚へのこころゆるがす震撼《しんかん》とあいまって、そのしぐさがおもしろくてならなかったので、子供はふきだした。するとおやじは調子にのって、茶目っ気たっぷりに何度も何度も目をまん丸くさせるので、そのつど、子供は笑いころげた。

おやじのとなりに坐っていた赤ら顔の軍曹は笑みをふくみながら、たぶん、

「愉快なこぞうですね」

とかれにいった。ロイは笑いながらふむふむとうなずき、葵の背後にいた長身の若い兵士が指をのばして子供のぺこんとエクボのできた頰にふれようとすると、

「さわるな」

とたしなめた。

幼児の口に、太平洋をはるばる渡ってきた、そして、近い過去、血なまぐさい数々の戦場をくぐりぬけてきたであろう米軍兵士の嚙む白いおはじきみたいなハッカ糖衣のチューインガムをほうりこむことがはたして適切な行為であったかどうかは知らないが、この国の赤んぼうはからだに一指もふれられることもなく、ジープから降りるときも細心に身の安全が確保され、おおむね紳士的にあつかわれたようである。

植木職人によると、樹木をそだてるには、どんな木も生きよう生きようとする強い力をもっているから、その力を阻害する分子を適切にのぞいてゆくだけでよいという。子供の成長の樹もまったくおなじである。本来そなわっている自然の強い成長力にゆだねておけばよい。干渉は必要最小限度で足る。あるいはそんなめんどうくさいものはいらない。

しかし、子供はこんな場面にもあう。

大粒のぼたん雪が降っている静かな夜であった。葵は母親の背中のおんぶ紐の上に掛けたちゃんちゃんこであたたまって、襟口から首だけ出して母の肩越しに外を見ていた。村の街道ぞいの郵便局のまえだった。路傍にかき集められた雪の上にさらに雪が降り積もって、うずたかく層をなしていた。その雪の低い溝のところに父親がいて、赤い顔の目玉をギラギラ光らせ、体も泥酔しているのかふらふらと不安定にゆれていた。みにくい姿だった。子供を風呂に入れる役目をになっていたたのもしい一家の主人に、いったい何が起こったというのだろうか。母はなにかをさけぶと、さしていた傘で酔漢をうちにかかった。すると酔漢も黙ってはいなかった。同じように自分の傘で反撃をはじめた。母親の背の葵はうちかかってくる酔っぱらいの傘の骨が顔にあたるのではないかとひやひやした。ぼたん雪が音もなくしんしんとふるなかで、あたりにはうちけしたようにひとの気配がない。そんななかで雪あかりにしらじらと照らされて、両親の傘のうちあいはつづいた。

そうして、やや年月の経った夕ごはんの食卓の風景である。

ここにひとりだけ欠けている人間がいる。彼はこの土地きっての名門家のほこりだかい当主である。そのむかし、江戸時代の参勤交代のおり、甲府と江戸のあいだの十番目の宿場である北相模の吉野宿のほぼ中央に、お大名が宿泊とした本陣とならんで家角になつめの大樹がそびえる三百坪以上を有する屋敷のあるじであった。戦後のどさくさの時期に旧日本軍の物資の保管にからむ汚職事件に連座して役所をやめざるをえなくなってから、弟が都県境の東側の都市で営んでいた製材所で、自分をふくめて家族六人の口をやしなうために働いていた。この先祖代々かみしもを着て、胸中にいかなる瑕瑾《かきん》もゆるさない玉のような自持《じじ》をひめたひとに、給料に値するだけの製材職人としての技量があったとはとうていおもわれない。だからわずかばかりの生活費にありつくために、経営者である弟の恩情にすがりついていたというのにちかかったのだろう。

食卓についている家族の最大の心配事は、今夜、お父ちゃんが酒に酔って帰ってくるかどうかということ、自然の猛威まがいの暴風雨が、今夜、はたしてふきあれるかどうかということである。

「おとうちゃん、こんやまたおさけをのんでかえってくるんだろうか」

「いやだなあ」

「おとうちゃん、おさけをのまなければいいのに」

「おっかなくてしょうがないよ」

「あんなおやじはやく死んじまえ」

「あんなやつ、いないほうがいいよ」

「そうだ、そうだ」

長兄、次兄、姉、末弟の葵のだれがいうともなく、不安な胸を締めつける鬱陶《うっとう》しくてならない話題がはじまる。

「お父ちゃんだって、お酒さえのまなければ、とてもいいお父ちゃんなんだからね」

と母親がとりなす。

どこそこのだれかさんはおさけを一滴ものまないんだってね。わあ、いいなあ。小学校の下のところの官舎に住んでいる鉄道公安官のおじさんものまないんだって。ホリグチくんという同級生のともだちがいるから、知ってるんだ。わあ、えらいなあ。うちのおとうちゃんもそうだったらいいのに。それらの酒をのまないひとたちのおだやかな顔と、いかにも平穏な家庭風景がまぶたをかすめる。

居間のとなりの奥座敷に接した寝所にならべた布団にもぐりこんでいると、隣室に不穏な暴風雨がおそってくるのである。今夜の台風は第何号になるのか、ここのところひんぱつしているのでよくわからない。家のなかのすべてを破壊しさるような獰猛なあらしは、ふと、夜半からはじまって胸のつまる怒髪天《どはつてん》をつく阿鼻叫喚《あびきょうかん》をともなっていつはてるともしれない。壁がぐらぐらとゆれ、畳の床がどしんばたんと震動し、障子がめりめりと壊れる音がする。ふすまの隙間から隣室の電灯が難破船みたいにあぶなっかしくぶらりぶらりと揺れているのが見える。今夜の気圧はこないだのやつよりもずっと不穏みたいだ。おそろしい嵐は早く去ってもらいたい。自分たちの一切の抵抗をはるかにこえているように見えるのが、最大の恐怖のもとなのである。葵は耳に指でつよく栓をして恐怖の外音を遮断するくふうをしてみたり、となりの次兄と抱きあっている。するとあわさった胸からどちらのものともしれない心臓の鼓動がどきんどきんとつたわってくるのである。長兄や姉はどうしているのだろう。ふかい闇のなかでおのがじし心臓をふるわせて、暗い布団のなかで耳をおさえてたえているのである。

あたりがしらしらと明けはじめて、ようやく暴風雨は去っていったようである。長い夜だった。胸をしめつける恐怖のあいまにいくらかまどろんだようで、もう眠くはない。ふすまを開けると、一晩中あらしのふきつのった居間にはぬぐいさったかのようにだれもいず、しんしんと冷えこんでいるばかりである。あけはなった雨戸から畳によわい朝日がこぼれ、見ると、こわれたそろばんの玉がひとつふたつところがっている。ふだんだったら、よい遊び道具によろこんだものを、どこかじんと麻痺したようなこころで指につまんで縁側から表の庭にでると、雪のふりつもった街道を一台の車が後部タイヤのチェーンで重い泥雪をはねあげながらのろのろと走り去ってゆくのが見えた。おもしろかったわけでもないのに、そのうしろ姿をいつまでもみていた。

ある晩、母もふくめて子供たち全員が寝所のふとんに入っていた。まだ電気の灯っている居間との境のふすまはあけたままになっている。

そこへ玄関の土間のほうから台風の目が、突然、おしこんできたのであった。黒い毛のオーバーをまとったままの丸々と肥えた熊のようなやつは、居間に上がりこむと、赤褐色の艶光りをしている、ふとい四角の大黒柱のふもとあたりに置いてあったオヤツのふかし芋の籠《かご》から一つずつ芋をとると、かごめがけて気合をこめて力いっぱいピッチングをしはじめた。

「えいッ！　やあッ！　どうだッ！　くそッ！」

このとき、母が葵にいった。

「マモルがとめれば、お父ちゃんはしずかになるからいっといで」

うながされて布団からおしだされると、怒りくるってもくもくうごいている熊のほうへとことこ歩いて行って、背後からおっかなびっくりいった。

「おとうちゃん、やめなよ」

その瞬間ふり返った父親の目は怒っているどころか、拍子ぬけがするほど平穏なものがあるばかりなのだった。まるで自分の演じている狂態を隅々まで知りつくし、なおかつ家族を恐怖におとしこむその快楽を愛してすらいる、その極度に発達した意識生活は、十九世紀ロシアの地下室の逆説家にいささかもおくれをとることがないかのようである。

しかし、いったいなにがそんなにかれを怒らせていたのだろう。ただのいかりではない。自分のこころにたがうものを怒りうらむとてつもない瞋恚《しんい》である。なにがこれほどひとりの人間を瞋《いか》らせてしまったのか、まったく見当がつかない。一九一〇年、奥相模の裕福な家にひさしく待望された嫡男として生まれ、戦争にもとられず、奥相模の田舎のことだから空襲にもあわず、関東地方を広くおそった大震災にもあわず、戦後、食糧が日本国中どこにもない時期に解体してしまった軍からあずかっていた物資の缶詰を風呂敷にいくつか包んで料亭がよいをし、当然のように役所をクビになったが（共犯者でひとりかふたり罪責をまぬがれ、地位のある役人の身分をたもった人間もいたようだが）、役人をする以外にろくな技能もはたらきもない失業者が弟の製材所で自分と家族をやしなうことができる温情にありつき、そのように客観的に折ふしの時空にふれてめぐまれていた立場を俯瞰《ふかん》することもできず、我執にとらわれたこのくるった主我亡者がいったいなにに対してそんなにいかりをもやしていたのか……。

「製材所には大勢ひとが働いていて、どいつもこいつも木の中ではいちばん重いケヤキを相手にしているものだから、山賊みたいなおそろしい顔をしたやつだとか、相撲とりみたいに体のうんとでっかいやつ、刑務所がえりのやつ、イレズミが入っていたり、片目がなかったり、片足がなかったり、それとか歯が一本もなくてめしを食っていると、いきなりバケモノみたいに顔が半分になっちまうやつだとか、いろんな職人たちがいるが、お父ちゃんは、ひとりだけ柔道着をはおってみんなに、『おい、おまえはあっちに行ってコレをしろ』とか、『おまえは向こうへ行ってアレをやっとけ』とか指揮してるんだ」

と聞かされたことがあった。

ところが、ある日、その親戚の家に行くことがあった。家の縁側から製材所の敷地をながめわたすことができる。父がすぐそこで働いている姿が見えた。たしかにいった通り作業衣のうえに厚い生地の腹の部分が欅の樹液で黄色くなって、ゴワゴワとこわそうな柔道着を羽おっていた。しかし、かれは決してひとびとの間に混じってはいなかった。

ひとりだけ奇妙に仲間はずれにされたようなかっこうで、敷地の片隅の地べたをその気もなくスコップでほじくり返しているのである。その場所から見事にはじきだされた剰余の人間だった。ただ叔父の家の縁側から末っ子の葵に見られていることを意識して、気になってならないのはそのことだけであるかのように白皙《はくせき》の顔を湯気の出そうなほどピンクに上気させ、くるった豚のような小さな眼を異様にピカリピカリと光らせている。子供が製材所に来ていることを知っているのなら、今、廊下から見られていることに気がついているのなら、なぜこちらのほうに来ないのだろう。それが葵にはすこしさびしいことでもあったが、縁側に立ちつくして見ていると、自転車にさっとまたがってどこか外のほうに行ってしまった。家角から父の姿が消える瞬間、横顔の目がいっそう強くギラリと光るのだった。

ふだん、子供たちが自由にはいれないうすぐらい奥座敷の床の間には、白馬にまたがった大元帥《だいげんすい》の額に入った写真はいつのまにか鴨居からみえなくなってしまったが、しんとした部屋の空気をきよめるようなにおいのする樟《くすのき》の仏壇がまつられている。ただの仏壇ではない。宗門では「お戒壇《かいだん》」といって、一段目は銅の香炉、燭台、花器《かき》、蠟燭立て、二段目が三宝《さんぼう》、水差し、霊簿、位牌、三段目には錫《すず》のお天目《てんもく》と仏飯器《ぶっぱんき》などがシンメトリーに秩序ただしくならんでいる。そのうえのガラス戸でくぎられた最上段には、両眼を玻璃《はり》のようにひからせた黒い木彫りの日蓮上人の座像が、片手に法華経の巻物をもって金襴《きんらん》のぶあつい座布団の上に鎮座している。江戸幕末期におこされた、京都に本山をもつ日蓮の宗旨をつぐ一宗派なのである。父親の内心のふかいところにあったのは、この神秘きわまりない、ありがたい現象《げんしょう》のご利益《りやく》をとく信仰なのであった。その最上段の左右にはそこにおさまる寸法のちいさな水晶の掛軸が二幅、右が南無妙法蓮華経のお題目、左には今上天皇宝祚万歳《きんじょうてんのうほうそばんざい》とある。

お戒壇はまたご宝前《ほうぜん》ともいった。日曜日のゆうがた、父親がうちにいるときなどに、

「さあ、みんなご宝前にあつまれ！　お看経《かんきん》だぞ。これからおかんきんをやるから、ごほうぜんにあつまれ！」

と号令がかかる。

ご宝前しょうめんの経机《きょうづくえ》のまえにかしこまった父を中心に、逆扇形に少しさがって右手のほうは長兄と次兄、左手のほうは母と姉、そして父のななめうしろが葵である。勤行には宗門の作法にのっとったことの次第がある。生者の不浄の息をお戒壇にかけないようにロにセルロイドのマスクをかけて燭台の蠟燭《ろうそく》に火をつける。香炉の線香をくゆら

せる。火打石をきる。マスクをはずして経机にすわる。朱ぬりの鐘打棒を手にとって座台のうえの鐘をたたく。ゴォォォォォォォォン。数珠をじゃらじゃらとならす。数珠のない子供たちは掌をすりあわせる。これから懺悔《ざんげ》、勧請《かんじょう》、回向《えこう》、随喜《ずいき》、発願《はつがん》、題目口《だいもくく》唱《しょう》とこと次第をかさねてゆくが、「お看経」とは、つまりは南無妙法蓮華経とお題目をとなえることである。どのくらいとなえるかというと、線香一本がもえつきるまでがおおよそのめやすで、子供が畳にかしこまっていることができる、だいたい一時間くらいなものであろうか。

そして勤行の佳境にはいると、いよいよ十七歳でこの家の当主になってから信心一筋に生きてきた父親の本領が発揮されることになる。うちならす拍子木が南無妙法蓮華経ととなえながら、キンコンッ、カンコンッと深山幽谷にしみいるような澄んだ音をたてる。拍子木をもっていないものは、こぶしをにぎってかしこまったひざのうえをとんとんとたたく。ただ父の拍子木がここを先途とばかり力いっぱいたたきつけられるとなると、ロック音楽のヴォリュームをめいっぱいあげたように、部屋じゅうにギンギンひびいてくる。と同時にお題目をあげる父の声のヴォリュームも最高潮になって、なんだかやけのやんぱちみたいにすさまじくきこえる。南無妙法蓮華経ととなえているはずであるが、ワオーッ、ワオーッとおおかみの遠ぼえのようである。それだけではない。ガンガン力いっぱい拍子木をうちつけ、ワオワオほえながら、赤く充血した首が左右にぶんぶんふりまわされるのである。

江戸時代の九州熊本藩で、亡父のゆるされなかった殉死以来、主君側との関係がこじれて閉門蟄居した屋敷に白刃をひっ下げておしこんでくる城方の討手《うって》に対して、たてこもった女子供をふくんだ一族のものたちは、仏前でどんつくどんつくと鉦太鼓をうちならしながら南無妙法蓮華経ととなえて怖気をおっぱらう。まことにそうぞうしく、行動的な信仰なのであった。

今宵、この家におしこんでくるおそろしい賊はいない。

父はそうではないべつの敵、……土地の有力者だった祖父がなくなると、役所の収入役だった父親が四十代の若さで病死して、美しかった母親がこころの異常をきたしてそのあとを追い、この家がにわかに黒幕でおおわれて没落の傾斜をくだっていった。さらに鉄道がこの宿場町を迂回してとおされたことから土地そのものがさびれてゆき、十七歳で当主になった少年には弟がひとり、妹がふたりいて、下のほうの妹は家計をたすけるために織物工場で働いていたが、胸を病んで家におい かえされてひとり身のままこの家でなくなった。その後、上のほうの妹は母親どうようにこころをやんで三十四歳で他界し、自分は父親のように地方の役人になったけれども、戦後のどさくさ時期に戦時中保管していた軍の物資の横領事件に連座して役所を免職され……どうにもならない運命の不如意と、実弟の経営する製材場で一職人としてはたらく屈辱と、貧困と、みたされぬおもいと、前途への不安と、それらいっさいがっさいの敵とたたかっていた。

葵が生まれたのは、こういう家であった。

車の後輪チェーンで泥雪をはねあげていた街道が舗装されることになったのは、葵が学校に上がりはじめてからだった。その土木工事の事務所にえらばれたのが、街道のほぼ中央部分に位置していた彼の家の玄関の土間だった。葵が学校から帰ってくると、責任者の気さくなおじさんが土間にもちこんだ会社の机の上の設計図面を見たり、おどまぼんぎりぼんぎりなどとあそびに来た近所の婦人たちのまえで「五木の子守歌」をうたったり、おしえたり、母親と世間話をしていたりした。

そんなところへ、ある日、葵は学校からかえってきた。

おじさんは玄関口に接した机ではなく、母のいる囲炉裏のあるほうの座敷のあがり框《がまち》に腰をおろしていた。

「おかえりなさい」

とよれよれのアルペンハットと丸縁メガネのおじさんはいった。ところが葵の口からはことばがでてこなかった。

「おかえり」

もう一度おじさんはかれの目をやさしく見ながらいった。でもやはり口からはことばがでてこない。

「『ただいま』っていうんでしょう」

と母がいった。ことばはのどのすぐそばまででかかって煮えくりかえっているのに、葵は金縛《かなしば》りにあったようにたちつくしたままだった。

「『ただいま』っていってごらん」

とおじさんはくりかえした。しかし、葵の口からはやはりことばはでてこない。おじさんの助手の灰色の作業ジャンパーを着たお兄さんがやってきた。

「『ただいま』っていったら、甘なっとうをかうおこづかいを十円やるぞ。十円もかえば、ふくろいっぱいだよ。すきだろう、甘なっとう、甘なっとう」

とわきから葵をはげました。甘なっとうの砂糖でざらざらした黒くてあまいつぶがあたまにうかんだ。だが、それでもことばは内心のどこかくらいところで不安そうに縮こまったままで、葵の口からはでてこようとはしなかった。

「うちの子はだめなのよ。ひっこみじあんで」

と母親が弁解した。

第四章　肉体の数式

階段の途中ででむかえたふじの顔は、駅や町角で友だちとまちあわせをするのとたいしてかわらないものがあった。幼い美貌をたたえた顔が太陽をあびた花のようにひらいて、

「また来てくれたの！」

と歓声をあげた。

部屋に入ると、葵はするすると脱衣した。その若々しい肉体は、あせをかいて体をつかうことをこのむ若者らしくひきしまった腹と厚い胸の筋肉をもっている。しかし、ただの青銅の像のかたくてつめたいサーフェスではない、生きた肉体の表面から見えない内部には、今からそんなに遠くもない少年期に、忘れようにも忘れられない、みずから肉体をほろぼして命を断とうとしたまがまがしい記憶をひきずっているのである。それ

がけっしてほめられたものではない、こういう店にやってくる、からだのどこか奥のほう、無意識の領域でのさばりかえっている誘因《インセンティブ》になっていないともかぎらなかった。

一度、ネオン街のはずれのほうにある店で、はやい時間にきてすまして店をでたところで、近くの学習塾かえりらしい子供たちのグループにでくわしたことがある。わいわいふざけながら家に帰る宵闇の街のあまりに日常的な風景に、葵は痛切なやましさにかられた。小学校五、六年生の男の子のわんぱくたちはたとえぼんやり理解していたとしても、さしたる反応はしめさなかったが、ひとりだけ葵の恥じている顔を真表面からみて、目をはなさない女の子がいた。その透徹したつよいまなざしはすべてを見ぬいているかのようであった。それは算数には勤勉だが、肉体の数式などはおもいもよらない、健全な町の、健全な社会の、健全な家庭の、健全なひとびとの、健全な子供たちの、健全な感情であった。

ふじのからだはやはり何のあじもせず、何のにおいもしなかった。

「もう一回するの」

「いいよ」

「どうしたの。げんきないわね。会社でなにかイヤなことでもあったの」

「いつもこんなものだよ」

「まえにもねえ、二回しようっていうお客さんがいて、二度目をはじめたんだけど、途中で『もういいや』ってやめちゃった。こんなの一回すれば、もうたくさんよね」

とふじは眉根に大げさな嫌悪の情をよせて、同意をもとめた。

そのつぎに店に行ったとき、葵はやはりフロントの男にふじの名前をつげた。なぜなのだろう。ふじは葵の欲求をみたしてはくれない。たった一度きりであったが、あの石のように無口な、唖者でもないだろうが、喋ったことばが耳をかすめたことがない、クリムトが描くような神秘的な長い髪の女はどこへいってしまったのだろうか。

「ふじだったら、すこし時間がかかるかもしれませんよ」

「どのくらい」

「いま入ったばかりだから、そう、一時間くらいはかかるかな」

「じゃ、ほかの子でいい」

ロビーで待っていると、町角でふいにでくわすようにひとりのおんなが葵の前にあらわれた。ようするに、ただそれだけでよかった。しかし、男女は性の異なる肉体的な個性のふれあいである。そうして町角でいきなりであう女というものが、いつも性的魅力にあふれているとはかぎらない。

その初対面の女は、どこかの電子部品工場で働いていたのか、カタギの職場内のおんなどうしのあけっぴろげな会話がとびかっている更衣室の風景を、

「みんな、アソコの固有名詞をらんぱつしてさあ、ひとが聞いたらあかくなるようなことを平気でいって、まったくひどいもんだから。ここのおねえさまがたの、おとなしくて上品な控室なんかとはくらべものにならないわね」

という。その女子更衣室から作業服を着がえてまっすぐここへやってきたような、カールしたボーイッシュなショートヘアーで、無化粧のまつ毛の長い活発そうな大きな目が視線があうたびに、落ちつきがなくきょろきょろしている。まだ新人さんなのだ。喋らないおんながいれば、喋るおんなもいる。

大腿のあたりが発達した、葵よりも頭半分くらい大きな女である。エレキギターを抱えた外国の女性ロックシンガーにも似て、不美人というわけでもないが、工場の作業台でうっかり結婚適齢期をすごしてしまったのか、こういう場所で威力を発揮するおんなのしとやかな肌の魅力というものがとぼしい。女ばかりの更衣室で話題にのぼったりしたことがあったのだろうか。「いまさらバージンどころじゃないし、アルバイトで遊び

半分にちょっとやってみたんだけどさ、こんなつまんない会社なんかにいるよりもいろんな男に会っておもしろいし、ずっとお金になるわよ。それにさあ、女ならだれだって、おとこの体がどうなっているのか興味しんしんだわよね」

この白タイルで囲まれた殺風景な部屋を性愛のロマネスクでいろどるものが、男の性的な妄想をかきむしり、男の欲望のみずうみで鱗《うろこ》を虹色にきらめかせながらぴちぴちはねまわっている蠱惑的な人魚たちである。それがこの部屋を華麗な舞台にしたり、そうではないものにしたりする。

ひととおり体をながしてもらってから、はじめて会ったばかりの若い客と女は白いシーツがのべられたマッサージ台を縁台のようにして、そこらへんに置かれたアルマイトの灰皿をはさんでむきあっていた。この店のユニフォームなのか、おんなは白いミニスカートから黒いうぶ毛のめだつ長い腿をだして台に腰をかけ、客はあぐらをくずして、膝を折って腿をつきだした横すわりのようなかっこうでタバコをふかしていた。そうしておんながかたるままに、これまでつとめていた職場のことやら、そんなどうでもいいようなことをだまってきいていたのである。

そのとき、会話とはなんの脈絡もなくおんなは客の裸体の下半身にながい腕をのばすと、目にもとまらない早わざでおやゆびと人差し指のさきを性器の亀頭にぴたりとあて、尿道口をぱくりと開けたのである。この瞬間までかれは腰をバスタオルで隠しもせず、女のまえに恥部をさらしていることなど気にもかけずにいたので、突然のふいうちに驚いて腰をひいたときはもうおそかった。

こんなことをする女はいない。はじめてのおどろきでみれば、ふとものつけ根にほうりだされている男根におんなの好色な指のかたちの残像がのこり、自分の視覚にもとびこんできた尿道口のあかい粘膜をひらかれた感触と、無防備になかをのぞかれた羞恥と非難のまなざしに、おんなは目じりにカラスの足あとをつけた卑猥な笑顔でこたえ、

「あそんでゆく？」

ときいた。

しばらく考えてから、葵はこたえた。

「……いや、いいよ」

「どうするの？　うんとサービスするわよ。ねえ、あそんでってよ。どうするのよ。そうだ、あんた、手でいかせてあげようか？　そうしてほしい？　今まで手でしてもらったことある？　最高に気持よくさせてあげるからさあ、ねえ、あんた」

とおんなはうすわらいをうかべて客の下半身を見やりながら、仕事熱心というわけでもなく、友だちみたいな口調でいった。

またしばらく考えて、

「うん」

と生返事をして、ようやく縁台から降りてすわっている女のまえに立った。葵はからだに繁茂してからみついている性欲の荊棘《いばら》のつるをとりのぞくためにここにきたのである。蔓の根っこにぬるい水がたまっている。このままなんにもしないで、そのなやましい水をためたままここをでることなどかんがえられない。

ぼんやり立ったまま見下ろしていると、若々しく清新なからだの小笹のしげみから、おんなが神妙につまんださきに、いつの間にか、アサガオの花弁に落ちているようなツユが丸い光のつぶとなっていた。自分のことのように赤面しているおんなはなにもいわず、脇から一枚のティッシュをぬきとると、鋭角に折った先で目ぶたをとじてまどろんでいるような尿道口を丁寧にぬぐうのである。

「……見てよ、こんなに糸をひいて、すけべのにおいがする。でも、日本人には日本人のおちんちんがいいわね。黒人さんのをみたことがあるけれど、アフリカの動物なみだわよ」

つづけて、おんなは内緒話をするようにトーンを落とした低い声でいう。

「あんたのねえ、アンバランスなところが、刺戟的なの。あたし、子供のころから自分がでかいのがイヤでさあ、でかい男よりも、あんたみたいなコンパクトなおとこがタイプなの。コンパクトっていっても、あんたみたいに胸が発達して、腰がくびれてお尻のかっこがいい、スポーツマンでなきゃだめ。その男の子が裸になったら、こんないやらしい液なんかたらして、すごいアンバランス。さっきだってさあ、マッサージ台のうえのあんたって、すごく刺戟的だったのよ」

おんなはぬれたティッシュで尿道口をつつきながら、いっそう声を落として、

「腰をつきだしてさ、ちょっと見たら、おちんちんどころか、にょうどうがまる見えになって、こっちをむいてウインクしてるじゃないのさ。あんたはなんにも知らずにすました顔してタバコなんかふかして、そんなの目の前で見せつけられたら、たまったもんじゃないわ。おさねが立っちゃう」

といった。

それから用ずみのティッシュをごみ箱にすてると、そのまま、プロフェッショナルと

の境界が不分明な新人のプレイがはじまった。

「男のひとって、コーガンが上がってくるのよ」

「睾丸が上がってくる?」

春にめざめて以来、今、女がしているように数かぎりなくわるい手にそそのかされ、さらに女性との交渉をもつようになりながら、はじめてきくことだった。自分の体のことなのに、腰の背後の性感帯を舌先でほじられたように、まったく知らなかった。

「みんなそうだわ。ゆくとき」

恥骨をおしつけるほど深くにぎりしめた手を、ふかく、あさくゆっくりうごかしながら女はつづけた。

「き×たまがあがってくるの。あんたのふくろもむくむくもち上がってきたわよ。いやらしいわね。ほら、みて、うごいてる、うごいてる。毛がうすいから、ぜんぶまる見え。よくいるじゃない、男のひとのむしゃむしゃ熊みたいに濃いインモウってきらいよ。あんたみたいなうすい毛のほうがいいわ」

そうして葵より体の大きい、化粧をすれば見ちがえるほど派手で美しい顔になるにちがいない、ロック歌手にでもしたいような女が、手のなかで昂揚している男のものをしげしげ見ながらいうのである。

「こんなに大きなものがおんなのなかに入っちゃうんだからね。カリが張って、けっこういいものつけてるじゃないのさ。女がはなれないわよ。玉、入れてなかった」

「たま?」

「玉よ、玉。女をよろこばせるために入れてる男のひとがいるのよ。一度見たことがあるけど、こぶみたいなのがごろごろしてさあ」

だいたいのところが想像できる。

「あんたのは立って血管がふくらんでいるから、玉をぬいたあとみたいに見えるのね。ちょっと、少しよこをむいてみて。顔じゃない。足の位置をずらして、もうちょっと腰をよこにして」

「どうして?」

「どうしてでも」

と女はあかい顔でわらいながらいう。

「なんで」

「いいじゃないさ、ケチ、ついでにおしりを見せたって。これまでいわれたことない?

あたしって、男の子のかっこいいおしりによわいの。いったでしょう、あんたみたいなコンパクトな男があたしのタイプだって。ほかの子にはだまってってよ。気持よくなってきた？　感じる？　いいから声をだして、おしりをふって、おなかをぶるぶるふるわせて、いっぱい精液をふくとこみせてよ」

女はまた目じりにカラスの足あとをつけた卑猥な目つきで客を見上げながら、わざと陰茎を上にむけた指先でかたくなった尿道口をこじあけようとするので、葵は腰をふってこばんだ。

「よせよ」

「恥ずかしいの。なかを見られるのがはずかしい？　あら、やだ、にょうどうがまたぬれてきたわよ。こんなに立てて、気持いいの？　もっとにょうどうをぬらして、ふいて、ふいてよ。ボッキしたピンクのにょうどうからおもいっきり精液をふくとこ見せて」

といって音がするほど激しく手をふり、急にやめ、すこし休んでから、性交まがいの陰茎と包皮、てのひらがこすれる音に昂奮しているかのように、またいっそうはげしくくりかえす。腿どうように男のように黒いうぶ毛が生えている女の前腕《ぜんわん》は筋のミゾを何本も彫《ほ》りつけて、そろそろつかれだしているにちがいない。だが、女が顔を紅潮させ、くいつきそうに目線をしぼって、仕事に熱中すればするほど、火のつきかけた欲望のほむらが睾丸をしぼませてきえそうになる。

そのとき、葵がなにげなく入口のドアのガラス窓に目をやっていると、むかいの部屋のドアがあいて、見おぼえのある顔が一連のルーティンがおわったばかりのような色っぽい髪をふりみだしてひょっこりでてきた。おさない美貌をたたえた顔もとっさに気がつき、ガラス窓ごしに葵の下半身をちらりとのぞいて、小走りするように廊下を走っていった。

「あれ、ふじじゃねえか」

「そうよ、ふじさんは指名ばっかりなんだから」

……おんなはからだが離れても、

「うすい毛のほうがいいわねえ」

と大きな腿をなげだしてマッサージ台に腰をかけたまま、病室のように殺風景な部屋でひとりだけ裸でいる葵の下半身に、つつしみもなく、熱狂が暮れた夕映えみたいな赤い目を光らせている。何度もいわれて、自分でもちらりと目をおとしているうちに、気のせいか、男のくせに平静な恥部のうすくけぶるような陰毛がひどく薄弱なものに見えてくる。

時間がきて一階のロビーに降りてゆくと、ふじがフロントのカウンターに身をもたせて中の男としゃべりながら、ミニスカートのおしりをつきだすように立っていた。店の売れっ子のあいくるしい横顔の目が、階段を下りてゆく葵をみとめてキョトキョトとうれしそうに華やいだ。なぜか葵はあわてて靴をはき、逃げるようにそとへとびだした。


高田馬場の牛乳屋の二階に行かない日は、葵は家の仕事をした。都《みやこ》の西のはずれの町では、そのころ、銭湯の湯は薪《まき》を焚《た》いてわかしていた。古い家屋を壊した廃材やら、市内にいくつもある製材所で出る材木の切れっぱしにはこと欠かなかったから、重油バーナーの設備はあっても、それはめったにつかわれることはなかった。

もともとこの場所には製材所があった。時代のながれで敷地の半分ほどをつかって銭湯をつくった。父親の兄弟の共同事業である。葵の父親は嫡男で田舎の土地をことごとく相続していたが、それらの多くを処分して事業に参加した。

都県境をはさんで東京都のほうには姉妹、神奈川県のほうには兄弟がいた。兄は姉と一緒になって田舎の家をつぎ、妹は弟と一緒になって町のほうの家をついだ。製材所を経営していたのは弟のほうである。葵が四つのとき、下に妹ができた。この子はうまれると同時に子供のできなかった弟のところにやられた。兄弟と姉妹が一つの家族のようにごちゃまぜになって暮らしている。

製材所は叔父が以前とおなじようにやっていたが、さらに時代のながれでそれもやめて、横町の路地に面して長屋式の貸店舗をつくったのである。その空いていた店の一つに、この春から「天志家」が入ったのである。

ＪＲ中央線の駅から歩いてほんの二、三分の交通便利な場所である。そういう繁華なところで、むかしは欅《けやき》の原木をひく大きな鋼鉄の丸鋸の音が、キィーン、キィーンと大空を切りさくジェット機のエンジン音さながらに、あたりの商店街になりひびいていたのである。経済の高度成長がはじまろうとするころ、町はぞろぞろ歩く人のむれで毎日がまるでお祭りか縁日のようににぎわっていた。銭湯はいつも芋をあらうようにこみ、ひとびとで沸騰《ふっとう》しているこわいような外の世界をさけて、家のなかばかりにとじこもっていた葵はその丸鋸の音をききながら、銭湯二階の畳に腹ばいになって、商店街の貸本屋から一冊五円で借りてきた漫画本ばかりよんでいた。

引っ越してきたばかりのころ、前から貸本屋のゆきかえりの町角でだれかにつけねらわれている気配がしていたが、本をかかえて通りをてくてくあるいていたら、いきなり悪童たちのグループにばらばらととりかこまれた。

「やっちまえ！」

とちびのボスが雄叫《おたけ》びをあげながら、いきなり狂犬みたいに目玉を光らせて襲いかかってきた。みずうみのほとりで野山を駈けまわってきた葵は、都会の子供とくらべてそんなに軟弱な体をしていなかった。首のあたりにとんできたこぶしを手ではらって、とっさに迂回路を反転して家ににげて帰った。しばしばいざこざが銭湯の境界線あたりまでもちこまれたが、しかしここまでくれば、こちらには製材所の屈強な大人たちがいるのである。

そのうち悪童たちの襲撃はやんだが、学校から帰ってくると、春夏秋冬、貸本屋にかよう習慣にはハンコでついたように変更がくわえられることがなかった。番台の母親のところへゆくと、手に十円玉を二個おとしてくれる。一個で一冊五円の貸本が二冊、そしてあとのもう一個で一本五円のアイスバーを二本。貸本屋は入って左側の子供の棚は全部借りつくして、あたらしく入ってくる本でなければかりる本がなくなってしまった。

庭につまれた古家一軒分の廃材の山にのぼって、銭湯が開店する三時前にボイラーにくべやすいようにチェーンソーで燃料をこしらえておく。木の粉をふき飛ばしながら太い材木にチェーンソーの刃を切りこませているとき、葵は性的昂奮すらおぼえた。なかでも古家を解体したヒノキの古柱は木目がことに稠密でチェーンソーをその肌にくいこませると、木材の女王の肌からふくいくと香りがたって、まるでたったいま山からきりだしてきたばかりのように真あたらしい肌理があらわれた。重油バーナーでわかした湯が肌にピリピリした刺戟をあたえるものなら、こういう薪で焚いた湯は肌にしっとりやわらかく、いつまでも体がぽかぽかあたたまっているとお客の評判もよかった。

こうした労働に従事しているとき、葵はこころのそこからみちたりた気分でいることができた。そして「司法試験浪人」という社会へのアリバイめいた、お飾りにかくれた無職者のひけ目もわすれ、これらの具体的な物を介してこの地上のなにものかと確実にむすびついていたからである。あせみどろになって廃材の山と格闘しているとき、自分のなかのみじめな敗北感を、大学受験以来の悪夢のような焦燥《しょうそう》の日々を、人々の輪の外側でぶざまにどもって立往生してきた自分というものをわすれていることができた。そのとき、かたわらには欣央《よしお》がいた。ほかならぬ欣央の存在がたえざる孤独をいやして、まるでこの社会に生きているかのような気分をもたらしてくれたのである。そのように弟は兄におもねり、自分の外面生活を仮託することになれすぎてしまっていた。

そうして、釜を焚いた。

この原始的にまで単純な労働も、葵はこよなく愛しているとすらいえた。ボイラー室の釜の鉄蓋を開けて燃料をくべるとき、大空につき出た三十メートルの鉄筋コンクリートの煙突につながって、釜のなかで澄んだ爆音と白い閃光を放って燃えている炎をみると、この地上にはどこにも自分が安んじていられるところがないという思いが失念された。釜に燃料をくべる合間に、切りそろえた薪のうえにどっかりと腰を下ろして、子供の頃に熱中したマンガ本にかわって一ページづつ舌なめずりするように十九世紀ロシアの小説を読んだ。そこではまわりの世界につながることが苦手な葵と内的風景が酷似した主人公がとめどもない饒舌《じょうぜつ》にふけっていた。ある文学者はその作者の魅力を魂のすみずみまでが照射されるようだといっていたが、葵にとっても一字一字の活字が白光して自分のなかのうすぼんやりした迷妄のへやに照明があてられる快感がともなった。

銭湯ののれんをしまう時間になれば、スポーツ用のトランクス一枚でひろい洗い場のタイルを大型デッキブラシであわだてる。皮膚一面からふきだす汗にまみれながら、葵は陶酔すらおぼえた。酷使される筋肉は、奔馬のような野生じみた蘇生の声をあげて、葵のなかのいっさいの忌まわしい負の感情、負の意識、負の思いは全身にふきだす汗となってからだの外へはじきだされるのである。まだこの家のなかには疎外の空気は稀薄だった。一日の仕事がおわれば、欣央と酒をのむ。そうすると、離婚した前妻にかんする愚痴をいつはてるともなく次兄はえんえんとくりかえすことになる。

本当は、こんなところでまごまごしている場合ではない。葵は怠惰というものをだれよりも憎んでいた。というよりも、怠惰になれない人間なのだ。怠惰は、こころのどこかにぽっかり穴でも空いたようにさびしくてならない。大学受験時代のあれらの机のまえの至福の日々をわすれることができないのだ。毎日はふくよかなよろこびにあふれ、他人とはいっさいあらそいごとはせず、葵は無名の石ころのように孤独で偶然の存在にすぎなかったが、内面を充足のふとい芯《しん》がつらぬいて、幼年期来のこころの業病である言葉にたいする負目とすらたわむれているひまがなかった。つねに胸のうちにただよっている陰鬱なモヤのごとき不安ですら自分をはげますちからとなって、自分がこのような自分であることがさいわいであり、自分のとるにたらない現実とこうありたいとねがう将来にむけた希望とはものの見事に一致して、あるがままの自分を全面的にうけいれることができるまれにみる幸福な日々だった。

葵のような人間はたえずごつごつ勉強していなければならない。それがゆるぎないこころの安息をうる秘訣であり、もっとひろい、もっとふかい世界へわけ入ってゆくことが、のろいじみた隔絶の意識から脱してひとびとの輪に参加することができるたったひとつの方法なのだ。あるいはそこからひょっとして葵の生命の芽がめばえたのかもしれなかったが、しかし、そのなにものにもかえがたい生活は、運命ともよぶべき外的要因によってなしくずしに瓦解していってしまったのだった。なぜなのか、いくら考えてもわからない。

自分といういまわしくてならないものから逃げて、吃音を表象する精神的なものいっさいを拒否して、そういうふうに自分のなかの臭いものにはふたをして、いつわりにみちた青春期をすごしてきた。

第五章　子供の孤独

映画館の臙脂《えんじ》のふかふかした天鵞絨《ビロード》の席に身をしずめて、スクリーンに黄金の砂塵を蹴たててくり広げられている古代ギリシャの英雄物語にこころをうばわれている。

父を暗殺されて二十歳でマケドニアの王位をついだアレキサンダー大王は、まずギリシャ国内を統一すると、これから東方のペルシャを征服するためにチグリス川上流のガウガメラの戦いにおもむくところである。たった四万七千人のアレクサンドロス軍がその四倍以上の数十万人の軍勢を擁するペルシャ軍にいどんでゆくのである。スクリーンいっぱいに戦いの大スペクタクルの予兆がひろがり、筋骨隆々とした体につややかな革の鎧をつけた英雄は、聞いたこともないふしぎな言葉をまるで呼吸でもするかのようにらくらくとあやつっている。言葉が水のながれるように自然に出てくるのだ。外国人にはきっとドモリというのはいないのにちがいない。そのごつごつしたような言葉であれば、自分でもしゃべることができるかもしれないと思ってそっと舌のうえにのせてみる。

英雄は自分以外だれも乗りこなすことができない荒馬ブケバロスにまたがり、毛の立ったスパルタンヘルメットをかぶった騎兵の先頭に立って、両刃の剣を縦横にふるって敵陣を切りくずしてゆく。

そうして、やがて戦いは終焉をむかえる。澄みきった蒼穹とのコントラストがくっきりした白亜の神殿の壁のかげから、ギリシャ女神ふうの白い衣裳を着た美しい女があらわれ、ものしずかにアレキサンダー大王に語りかける。戦いに勝利したというのに、どこかものうげなようすで、三十二歳の若さで夭折《ようせつ》してしまう英雄は返答の言葉をたんたんとあやつってゆく。葵の舌はその言葉をなぞるように口腔でかすかにうごく。

その時である。この町の大きな時計屋の鐘楼《しょうろう》で市内に夜九時半を告げる鐘の音が、ガァラララララーン、ゴォロロロロローンと映画館の壁をひびかせるのだ。この頭をしめつけるおそろしい音は、葵を映画館の夢見心地のやわらかい椅子から強引にひったくって、明日のふあんでならない教室へたたきこむ。

小学校三年の学芸会の練習のときのまま、葵のこころにえぐられた傷はいっこうに癒えていなかった。不安は内部ふかくしずんだままである。大きな杭がつきささっている。ことばに吃《きつ》するたびごとに、杭にハンマーがふりおろされる。教室で、校庭で、家で、町で、ひとびとのいるいたるところで、言葉は禁忌だった。校庭で友だちと円の中心から外へ逃げてゆく遊びをする。「止まれ！」と号令をかければ、友だちはとまる。しかし、葵の口からはそのことばがなかなかでない。意識すればするほどでてこない。そのままトイレに行くふりをして、ふしんに思っている友だちから逃げていってしまう。あとで友だちと会ったとき、どんないいわけをしたらいいのか。

放課後、掃除当番にあたっているとき、掃除がすむと一列にならんで順番に、「右へならえ！　なおれ！」と号令をかけてゆく。その言葉が葵の口からは友だちのように簡単にでてこない。最後の授業のときから今日はうまくいえるかどうか心配で、グループの共同作業で大きな紙に絵を描いているあいだから気もそぞろである。

そんなことにもこころをくだいて苦慮するほどだから、授業中の教科書の朗読がうまくゆくはずがなかった。やすみ時間になって、ぼうぜんと椅子に坐っている葵に、わざわざこの時をねらってはやしたてにくるものがいる。「やあい、もっとどもってみろよォ！」赤く血管のういたどんぐりまなこが猟師のようにえものをつかまえたよろこびでギラギラしている。ことばにどもるたびごとに、ようやく無残な時間がすぎてやり場のない恥辱まみれでいるとき、まさにそういう地べたにたたきのめされているときをわざわざねらって、このときとばかりにあからさまに嘲笑され、そのたびごとにこころの底ふかくつきさっている杭に、無情なハンマーがふりおろされる。そのたびごとに杭でうがたれた傷がひりひりいたむ。

その子供の内界にひろがっている負の世界にふれた教師はひとりもいなかった。どうあつかっていいのか、指導要綱には書かれていない。教師だけではなく、しばしば大人たちはこの不安に虫食われたような子供をけぶるようなつめたい目つきで見た。ひとがふれたくないものを過剰にもちすぎていたからである。

あるとき、学校でこんなことがあった。

これから校外の水泳大会にゆく代表選手を、全校児童が校舎から見送っていたときである。十人前後の選手たちのグループが先生に引率されてしずしずと校門を出かかったときだった。ちいさなひとのむれは花火のようにパッとはじけて、もと来た校舎の方へいっさんに駈けだしたのである。何が起こったのか、すぐには理解できなかったが、やがてどこからともなく校舎の二階の窓から見おくりの一人の児童が落下したという凶報がつたわってきた。運悪くコンクリートの水飲み場の上に落ちて、頭を割られたらしい。そのふきんは血まみれである。少女たちが眉をひそめて不安な顔をつきあわせている頭上を、教室の窓の上のほうからエクトプラズマのような白いもやもやした不吉なものが音もなくながれこんでくるのを、葵はたしかに見たようにおもう。唯一、こういうときである。葵の内部と外部の圧力は等量になって風とおしがよくなり、自分をがんじがらめにいましめている不安なこころの枷《かせ》からようやく解かれて、はじめてひとなみにほっと息がつけるような気がするのである。ようやくみんなと一緒に外界という風呂に手足をのばしてつかることができるような気がするのである。

ここから、ことばの世界にひたって詩を書きだすこともできた。

しかし、方向を決定づけたのは、みずうみのほとりを駈けめぐってきた野そだちの健康なからだだった。このとき、第二次性徴がはじまると同時に急にからだが大きくなりだしたのである。だから、不安な魂を抱いたまま安全な部屋のなかにかくれ、ことばとたわむれながら窓辺によって外界の椿事《ちんじ》がやってくるのをひそかに待っているよりも、自分からそとの世界へとびだしてしまうほうがずっと容易だったのである。

都会の生活にしだいになれてきたが、学校から帰ってくると、あいもかわらず銭湯の二階の部屋にとじこもって、漫画雑誌やプラモデル、本当は妹なのだが、叔父の一人っ子になっている従妹ののぶえとはさみ将棋やトランプをしてあそんでばかりいた。そんな女の子のようにおとなしい生活にすこしずつ変化が生じてきたのは、繭《まゆ》のなかのさなぎが成虫に育ってゆくように、小学校六年生になって体に男としての変化が芽ばえはじめてきてからである。男としての生理の変化にともなって、股間に体毛が苔のように生えはじめてきたのである。そのころから学校のある種のグループに目をうばわれはじめていた。都県境の峠をはさんで西と東でさして変わることもなく、小学生たちは寒い冬の季節を通して一枚しかないジャンパーやツギのあたったズボンを平気で身につけていたが、かれらのなかに他の少年たちにはないふんいきをもった一団がいた。

お姉さんのおふるらしいハデな緋色のネッカチーフを首にまいていたり、小学生には学帽などはなかったが、赤チンをつけた傷痕のある顔に目がかくれるほど深く札つき高校生がかぶるような黒い学帽をかぶっていたり、折りめにはいつもアイロンがあたっている気取った紺のズボンを穿き、底のラバーの厚いズック靴をはいていたりして、かれらだけにしかつうじないことばを交わす秘密結社じみたきずなでむすばれ、この連中が校庭のすみや教室で徒党をくんでいるところは、なにかひとにはうかがいしれない特権的な悪事を謀議中のようであった。

校庭の桜の木のかたわらに野鳥の小屋があったが、かれらのなかの二人が金網にもたれてはなしあっているところに葵は偶然いあわせたことがある。

「コバヤシのパンチはすげえぜ。こないだだって一発であのやろうがふっとんじまったものな。たった一発だぜ。道路のはしから反対のへいまでぶっとばされて、ドブのうえにのびちまった」

「知ってるよ。まえに血だらけにされたやつを見たことがある。今度、アオキをやるっていってるけど、どうしてなんだ」

「それはアオキがいけねえんだよ。コバヤシのいうことをちっともきかねえで、なんどもシカトするようなまねをするからだよ。あいつ、イキがってやがって、おれたちがアオキをやってもかまわねえ」

「コバヤシはずいぶんおこってたぜ」

「アオキがやられるのはまちがいねえな。つぎの月曜か火曜だ……」

偶然、耳に入ってきた会話に興味をかきたてられながら、かれらがかたっている血なまぐさい光景がまのあたりに髣髴《ほうふつ》とする。漫画雑誌や映画のスクリーンではなく、現実にひとりの人間がなぐりたおされるところを葵はまだ見たことがなかった。暴力の現場に立ちあったことが一度もない。葵は痛切に、年長の不良少年らしいコバヤシのたった一撃で鮮血をとびちらせながら、あわれな生贄《いけにえ》が地べたにたたきのめされるところをこの目でじかに見たくてならない。危険のあふれた暴力の現場にこいこがれてやまないのである。なぜなら、葵はぜひともその場所にいなければならなかったからである。外界の悲劇にふれてはじめてほっと息をつくことができる、まさにそここそがかれの不安でならない内界と外界をむすぶひそやかな通路になっていたからである。

教室の窓際に整然とならんだ机上にまぶしい輪郭線をまっすぐにひいて斜めに射してくる太陽光線、校庭に出たおり、下部はコンクリートでぬりかためられているが、ながいあいだ日光と風雨にさらされて白茶けたようになっている規矩ただしい校舎の板壁など、目にいやおうなく入ってくるありふれた風景の断片がある。

「やあい、もっともってみろよォ！」

ことばにつかえてぶざまに立往生している国語の朗読をおえて、やすみ時間になって、もっと赤恥にまみれてぼんやり椅子にすわりこけている葵のよわよわしい目を真正面からのぞきこんでわざわざはやしたてにくるものがいる。優越者が劣等な獲物をつかまえたよろこびで目玉をぎらぎら光らせながら眼前に立ちはだかっている。とらわれたものは口ごたえひとつすることもできず、どこにも逃げるところのないしんしんとした意識の静寂のなかで、ふと、ふりかえると、目にはいる風景がある。それが机のうえを明晰にななめに横切っている日のひかり、そして太陽をあびていくひさしくそこにあり、今も厳然としてあり、これからもありつづけるであろう校舎の板壁なのだ。そいつらが存在しているかぎり、葵は永遠にやむことのない恥辱の虜囚《りょしゅう》なのである。

ある日、チャンスはむこうからやってきた。銭湯の浴槽とカランに熱い湯を供給する釜場よこの暗くて細長い通路に、ひとりの不良少年がとびこんできたのである。葵がこの町に引っ越してきたばかりのころ、貸本を抱えて町をあるいていたら、おそいかかってきた悪童たちのちびのボスであり、クラスメイトでもあった。葵がとじこもってマンガ本ばかりよんでいる二階の部屋からおりてきて、通路の逆光のなかで対面すると、

「おい、おれがタバコすってるの知ってるな。センコウにいうんじゃねえぞ」

と常盤《ときわ》はいきなりいった。貸本屋へのゆきかえり、どこかの町角でタバコを口にくわえている非行少年のグループが目をかすめたことがあったかもしれないが、それがいま葵を恫喝《どうかつ》している常盤であったかどうかはわからない。

「お、お、おれだって、す、すっているもの」

とっさに葵の口からホラがでた。タバコなどすったことはない。下風呂の厚いヒノキの木蓋のうえの灰皿にあった番頭さんの干あがったすいがらを、おもしろ半分に口にくわえて火をつけてみたことがあっただけである。トウガラシみたいにからくて、鼻腔をさすイヤなけむりのにおいがしただけだった。

「だったら、おれといっしょにこいよ」

「うん！」

踵を返して光のあふれた外へとびだしてゆく常盤のあとを、葵は木戸口にぬいであった自分のズック靴をひっかけてあわてておいかけていった。

それから、毎朝、坊主頭、ギョロ目でちびの常盤が銭湯に葵をむかえにくる。悪党たちのコネクションにふしぎに通暁したこのはなたれ小僧を芋蔓式《いもづるしき》にたどってゆけば、ピラミッドの頂点から裾野までのヒエラルヒー構造が機能して、反抗的な目つきをした小学生の頭にゲンコツをくらわせば、町内の少しはなれた三丁目に組事務所がある本式のやくざがでてくるのである。常盤は甲州街道に面したパチンコ屋のうらに住んでいた。父親はトビ職で、三男坊であった。家のそばで半裸体になってなにかの力仕事をしている長兄にでくわすと、左胸に般若《はんにゃ》の刺青をした真っ黒に日焼けした屈強なからだにさらしをまきつけて、一言もことばを発せず、太陽にまぶしそうに眼をしかめて、実弟ですらよりつきがたい仁王さまのようなおそろしげな顔をしていた。

ある朝、常盤が掌をひらくと、そこに二本の口をつけていないまっさらなタバコがあらわれた。それは両切りの《いこい》だった。

「おやじのをくすねてきてやった。一本ずつすうべえ」

それからふたりが行ったさきは、大空にむけてそびえている煙突のわきをくぐりぬけて銭湯の塀の内側にある温水器《おんすいき》のところだった。温水器とは下風呂におくられてくる水を洗い場の排水口からながれてきた捨て湯であたためる銅管の施設で、コンクリートで囲ったうえに厚いベニヤの蓋がしてある。めいめいタバコをくわえて常盤がもっていたマッチで火をつけた。ふかしてタバコをすうまねをしているうちに、葵はけむりを咽喉からのみこんでしまった。その瞬間、かつてタバコなど知らなかった小学生の脳髄にニコチンの魔法のような酔いがこっそりとしのびよってきた。アイスクリームとはちがって、水平であるべき温水器のふたが足もとでぐらぐらとゆれだし、手を壁にそえていなければ、まっすぐたっていられないのである。

べつの日の放課後、常盤たちとおとずれた学校近くの民家の裏庭には、中学生の番長グループが集っていた。かれらは手に手にヤスリをもって、赤錆びた日本刀の刀身を携帯しやすい短刀にするためにゴリゴリと切りきざんでいるのである。

「おおい、こんなものが出てきたぞ!」

家のなかの廊下からはずんだ声がかかった。見ると、この家の顔を紅潮させた中学のわんぱく坊主が片手で槍の柄をもってそとへつきだしている。小刀みたいに小さな穂先がやはり黒っぽく錆びていた。

「なんでえ、そりゃ、ヤリじゃねえか。そんなもん、いらねえよ!」

中学の学帽と制服のすっとんきょうな番長の声に、庭じゅうどっと笑い声が起こった。

千人町というこの土地界隈は、むかし、徳川幕府の老中から槍奉行《やりぶぎょう》の支配下に置かれ、甲斐武田との国境ぞいの警備や日光警護にあたった郷士集団《ごうししゅうだん》の千人同心の発祥の地であった。剣の天然理心流の二代目、近藤三助の高弟に千人同心の増田蔵六がいたこともあって、のちに新選組にながれていったものたちもいたはずである。クラスの同級生にもかれらの末裔たちがいた。葵のみずうみのほとりの家がそうであったように、おおむね敷地のひろい大きな家に住んでいた。そのうちの一軒の家は今時めずらしい茅葺《かやぶき》の屋根が、灰色のふとい幹に鬱蒼とした枝葉を瞑想的にしげらせているケヤキの巨木のあいだにのぞまれた。

「タバコもってねえか？」

とヤスリを使っていた番長は腰をかがめたまま常盤にきいた。

「こいつがもってるよ」

常盤は葵を指さした。かれがズボンのポケットから《みどり》を出すと、その緑色の包装紙を見て、

「おれはそれはすわねえんだ」

と中学生はうれしそうな顔をしていった。小学校六年生の葵のこのみの銘柄はハッカ入りのタバコだった。

中学生たちと別れてその家からの帰途、仲間のひとりが自転車の新聞配達の少年に目をとめた。荷台にうずたかく新聞をつみあげた重そうな自転車をこいでいる中学の学帽をかぶった大きな体格をした少年だった。かれと不良少年たちのあいだで過去どんないさかいがあったのか、葵は知らない。外人のように綺麗なお姉さんがバスガイドをしていて、アメリカ白人とのソバカスだらけの混血の弟をもっている五藤がいきりたっている。

アイロンの折りめのついた紺サージのズボンをはいているのが、この少年だった。実の兄は常盤とおなじように組事務所に出入りしているやくざである。

「チキショウ、あのやろうだ！　弟が『混血児《アイノコ》』とバカにされて、ツバをひっかけられたんだ」

「まだ小林たちがさっきのところにいるはずだ。おれがよんでくるから、おめえらあいつをにがすなよ」

と常盤がいいすてて、もと来たところへ駈けだしていった。その間、またたくまのことだった。黒革の底の厚いラバーブーツを蹴たてて、大きな目と赤黒く肥厚した顔をした番長がやってくると、小学生たちにとりかこまれていた自転車の少年は有無をいわさず地べたに一撃のもとに蹴りたおされた。スタンドをかけた自転車はそのままに、少年のからだが砂利の路上にサンドバックのように鈍い音をたててころがったとき、夕陽に金色の土ぼこりが舞いあがった。椿事《ちんじ》は、いま、美しい断片をかいま見せようとしていた。学帽を目深にかぶった小林の顔は憤怒で真っ赤にそまっている。

「野郎、オレたちをなめたらただじゃすまさねえぞ！」

かれはつづけて今つくったばかりの赤錆だらけのドスをズボンのベルトの鞘からぬき

放つと、自転車の荷台の新聞紙のたばに思いっきりつきたてた。

第六章　肉体の季節

ことばのない世界、陰惨な暴力と晴朗なスポーツにあけくれる少年時代がはじまった。中学時代を主体とするほんの数年のあっけない期間であったけれども、それらの日々はランボーの詩句のように葵が唯一この地上に生きていた時代でもあった。

なみのからだつきの男よ、
肉体とは枝にたわわに実った果実ではなかったのか、
——おお、天真爛漫な日々よ！
肉体とは浪費すべき宝ものではなかったのか、……

——『青春　Ⅱソネ』※3

ここにきて急速に大きくなって、肉体的優越感にあふれたからだはどもりをわすれさせてくれたのだった。

暴力のほかに葵を魅せたのはスポーツだった。新校舎を市郊外の南西の、正式には緑が丘とよばれていたが、市内に水道を供給する設備があるところから水道山と通称されている高台に建設中だったので、にぎやかな市街地のなかのふるぼけた木造の夜間高校が当面の仮校舎になって、ここには上級生というものがいなかった。

一日の授業を終えて、あちこち群れながら、病人みたいに肩をよせあって帰途につくおとなしい白い顔の生徒たちを尻目に、体操着に着がえてから放課後のグラウンドにとびだすのは気持がよかった。小学校時代の悪童たちとともに上がってきた公立中学で、仲間と一緒に入ったのは陸上部だった。韋駄天小僧《いだてんこぞう》たちはチョコレートを万引きした店から町を脱兎のようにすっ飛ばす実践でさんざんきたえていたから、足がやたらとはやかったのである。ただトラックをぐるぐる駈けてばかりいる、あんまり芸のないような陸上部が葵はそろそろ鼻につきはじめていた。

そして、新しい中学の教室でクラスメイトの半分は他の小学校から上がってきた見知らぬ生徒たちだったが、葵はその中にひとりの少年とであった。影浦という名前自体がどこかくらい印象がつきまとい、まだ中学にあがったばかりの子供なのに、ぼうず頭を陰気にくもらせて、兄さんのお古のような背中あたりの布地が黄ばんだ学生服を着ていた。見かけがみにくいリンゴは、その芯も醜怪に腐爛《ふらん》していた。かれは強度の難発型のどもりだったのである。

影浦はこれまでの葵そのものであった。

「……な、な、な、……な……」

「……？」

影浦は、葵の苗字、中橋といいたいのである。恐懼と不安、遠くをさびしそうに見るような目がすべてをかたっている。

「お、おまえんところ、……ふ、……ふ、……ふ、……だって？」

影浦は、おまえのところは風呂屋だって、といいたいのである。どこの家庭にもかならずしも内風呂の設備がそなわっているわけでもないころ、中央線の駅に近接した広い土地にお城のような白堊の建物をかまえた銭湯は、いくらか経済的にゆとりのある資産家のハデな商売だとおもわれていたようなところがあった。影浦のしおたれた日蔭の植物のようなよわよわしい眼の光がすべてをかたっている。吃音とは、ただ言葉にどもるだけのことをいうのではない。たんにどもるものを吃音者とはいわない。吃音とは、内部に腐臭をはなって充満しているくさった精神をいうのだ。ひとが怖気をふるってちかよらない、人目をはばかる、内界のどろどろした泥濘のことをいうのだ。

青春期の肉体と精神をめぐる不可解な相関関数のせいで、葵のどもりが影浦にすいとられてしまったかのように、かれの幼少年期を通じてずっと悩まされてきた吃音が奇跡的に癒えてしまったかにみえた。教科書の朗読をさせられても、学校の勉強などは家で一切やらなかったにもかかわらず、葵はまことにてぎわよくやってのけたので、小学校来のかれのひどいどもりを知っているクラスメイトは、

「中橋のどもりはなおったんだな」

と感心していた。吃音症などという身体的欠陥はどこにもない。どもりというものは意識すればでてくるし、意識しなければでてこない幽霊のごときもので、もし言葉にまつわるやまいというようなものがあるとすれば、それは精神である。過剰な精神がやまいそのものだったのだ。精神の矯正などということがありえないように、吃音の矯正方法などはどこにもない。

美術の授業のとき、外にでて風景を写生する課題があたえられた。校舎南のやや高く

なった草地にのぼって、左よりの入口から左右に一方が寸づまり、もう一方がなだらかになっている非対称の木造平屋の校舎の遠景を描いていたら、そこへ美術学校をでたばかりの長髪にメガネの教師があゆみよってきた。

「このなかに中橋君という生徒さんはいますか」

あたりにたむろしていたクラスメイトのひとりが葵をゆびさした。

「ああ、きみが中橋君なんですか」

と葵がしゃがんで写生ボードの画用紙に描いている絵を熱心にのぞきこんでいる。

「中橋君が図画の試験で九十八点で一番でした。学年の三百六十名の全生徒のなかでも、全科目の平均点が九十六点で、成績がトップだったそうです」

「中橋って頭がいいんだ」

野球部に入った性格の活発な優等生が口をそえながら、成績が一番の生徒はどんな絵を描くのだろうか、とかれも教師のように葵の絵をのぞきこんだ。そんなかれらにゆえしらぬ羞恥をおぼえながら（やあい、もっともってみろよォー）、まだここらあたりまではかれはしごく順当な少年時代をすごしてきたのだった。家で学校の勉強らしい勉強をすることはほとんどなかったのに、成績はわるくないという器用な性格のために、小学校ではときどき女教師にひどく嫌われたが、上がったばかりの中学で教師のおぼえはめでたかった。ＰＴＡの集まりに学校にやってきた母親は、担任の数学教師に葵が旧制の府立二中だった都立高校へ行けるとほめられてよろこんでいた。

こころのなかにひそむもの、たえざる不安でつつまれた精神という極度にいかがわしいものよ。そんなものよりも、なにかしら自分を力づけ、ほこりになるものは、目にみえるもっと具体的なものがいい。

それはバスケット部の胸に鳩が羽根を広げた校章のマークと、とりわけ背中に大きなゼッケンの入ったユニフォームだった！　放課後のさまざまなスポーツクラブや競技によってことなるユニフォームなど、そういうものをまったく知らなかった小学校から上がってきたものにとっては、単色の子供の世界からにわかに色彩ゆたかな大人の世界がひらけたかのような、たまらなくカッコがよくて、スマートなものに見えるのである。あこがれていたスターが映画雑誌で学生時代バスケットをやっていたというユニフォーム姿の写真入りでのったことが、さらに葵の気持をあおりたてた。

「バスケット部に入りたいんですが」

ある日、葵は体育の備品倉庫にいた陸上部の監督にいった。ニキビのあとで顔が夏ミ

カンのようにつるつるしている保健体育の教師をしている監督は、メガネの金壺《きんつぼ》まなこをきょろきょろさせて、

「いいよ」

と簡単に応じて段ボールの箱をあけてなかをかきまわしている。新設校はいたるところで組織がととのっていず、かれはバスケット部の監督も兼ねていたのである。

「ユニフォームはどうする？　ゼッケンが11と13があるけどどな」

「どっちでもいいです。11はちょっと小さいんじゃないですか」

「そうか、だったら13だな。ああ、それは九百五十円だったとおもうけど」

「今、お金をもってないので、明日もってきます」

「おねがいします」

ビニールの袋に入って、新品のグリーン地の綿のよいにおいのするユニフォームが葵にわたされた。13というゼッケンが気に入らない。11にすればよかったかなとあとで気になった。

やかましい先輩もいず、運動部特有の封建的な空気もなく、学芸大学を出たばかりの陸上部との兼任の監督でさえグラウンドの陸上競技のほうにつきっきりで、ほとんどバ

スケットボールの練習のほうには顔をみせない。第一、ユニフォームの胸の校章マークやゼッケンがホックでとめるようになっていたが、これは陸上部のユニフォームのスタイルだったし、監督をはじめ部員のだれもがこれがどういうスポーツなのか、正確にはよくわかっていない。ともかく校庭に立っているバスケットボードの籠にボールを入れさえすればいいのだが、それからさきのこととなると、ちゃんとしたルールはおろか練習方法すらよくわからない。葵ひとりをのぞいて、ほかの学校からあがってきた少年たちだったが、陸上部から興味本位でやってきてバスケットのコートではじめて会ったとたん、友だちになってしまった。かれらは大工の棟梁の息子だったり、父親はいず、母親が目の不自由なマッサージ師で、会社員の姉と一橋大生の下宿人と一緒に住んでいたり、あとはおおむねサラリーマンや職人の子弟たちで、貧困と家庭の不幸がはらんだ不良少年たちのにおいはしなかった。野犬のような不良少年たちとはまるで雰囲気がちがって、見たところ部員たちはだれもが兄弟のようによく似ていた。

たまたま家にころがっていた姉の使いふるした教科書のなかから、バスケットのルールブックをひっぱり出してきてページをひもとくのは、かって銭湯の二階にとじこもってアイスクリームをなめながら貸本を読んでいたときのように、こころときめくことだった。アウト・オブ・バウンズ、トラベリング、ピボット、インターセプション、ショット、シューター、バイオレーション、テクニカル・ファウル、ドリブル、プッシング、バスケット・インタフェア、バックボード、トリッピング、ブロッキング、ホールディング、チャージング、キャリング、センター・ジャンプ、ヘルド・ボール、チーム、ベンチ、マルティプル・ファウル……。さまざまなカタカナの未知のことばが、まだ見ぬスポーツの世界へのいざないにみちていた。

実際に練習となると、いばりちらす先輩がいない自由なふんいきはいいのだけれども、だれもがちんぷんかんぷんだった。よその中学や高校の練習風景を見に行ったり、アアじゃないか、コウじゃないか、またアアでもあるしコウでもあるとくふうをこらしていると、ある日、突然、市内中学校の公式戦の知らせが籠球部にまいこんできたのであった。

「バスケットの試合だって」

「試合?　どこでやるんだ?」

「四中の体育館らしい。せっかくみんなユニフォームをもってるんだから、でてみるか」

「そんなのどうってことはねえよ」

「そうだ、そうだ。でようぜ」

陸上部と籠球部との兼任監督は、千駄ヶ谷の国立競技場にスポーツクラブの生徒たちを引率して陸上競技界の有名な選手たちを、あれが中央のなんとかだ、あれは教育大のかんとかだとねつっぽいまなこで説明するのには熱心だけれども、バスケット・ボールのほうにはあまり関心はない。一緒に試合会場の中学校の体育館にでかけてみて、葵は、正式の試合会場での訓練された他校チームの身体のうごきの美しさに目をうばわれた。この会場の体育館のある中学校チームが優勝候補である。ここのエースはスカウトされて日本全国高校インター杯で上位にくいこむ関東の有名バスケット高校へゆき、大学へゆき、社会人へゆき、うまくすればオリンピック代表選手にもなる。

その強豪チームのなかに、ひとりの上級生のきわだって巧者な長髪の美貌の選手がいた。試合前の練習でバスケットボードに百八十度の角度で黙々とはなつジャンプシュートの美しさに、葵は息をのんだ。かならずしもこの競技むけのきわだった長身ではない。紺地の胸に白くHYBCとチームネームが入り、背中におなじく白いゼッケンナンバーの入ったランニングシャツのユニフォームと腰にぴったりしたトランクス、競技専用のバスケットシューズで足首を固めた細身のからだがバネをきかせて跳ねあがると、一瞬、空中で静止して手首のスナップをきかせてボールをショットする。そうして、選手が髪をゆらせてワックスで磨いた床に着地するのとタイミングをあわせるかのように、そのボールのことごとくが遠いリングの網に小気味のよい音をたててすいこまれていった。どうすればあんなふうにシュートをうつことができるのか、葵はしびれたようにただ見入った。

ホイッスルが鳴ってどんぐりの背くらべどうしのチームの試合がはじまった。まだルールさえよくわかっていないが、同時に公式戦で上がったりするような自意識ももちあわせていないチームは、でたらめ、やりたいほうだい、反則だらけ、タイムアップしてみたら、わずかの差で勝ってしまっていた。相手チームは二年生も三年生もいたはずなのに、一年生ばかりのにわか仕立てのチームが勝ってしまったのだ。金壷まなこの監督は夏ミカンのような顔の皮膚をいっそう赤くてらてら光らせて、意味不明にほくそえんでいた。

しかし、はじめての公式戦に出たことは大きな収穫をもたらした。この学校での葵の目標は定まった。バスケットの試合会場で目にしたジャンプシュートを自分のものにすること、そのほか教室で行われることはいっさい顧慮しない。

教室の日々かわりばえのしない光景だけはやりきれない。そのなかでじっと息をころしていると、自分というものが人間社会にたまたままぎれこんだ野生のオオカミかなにかのようである。自分は絶対に、なにがどうあっても、かれらとおなじではない。居心地の悪さは永遠の宿痾《しゅくあ》みたいなものだ。葵はいぶかった。なぜ毎日おなじ時刻に学校へ行き、おなじように時間を過ごし、おなじ時刻に家に帰ってこなければならないのか。なぜ今日がキャビンの丸窓から眺める南十字星のもとに白波がさかまく疾風怒濤の荒海であったら、明日が熱帯の砂あらしのふきつのる光景であり、明後日が北極のはてしない氷原の一日ではないのか。クラスメイトたち、さかしげな仔羊のむれ、地上の暮らしに密着したちっぽけな生活人たちは、机に毎日決まりきったようにすわりこけていた。毎日、あきもせずにそうやって、その机はしだいに上級学校の机になり、職場の机になり、そうやって机に紙魚《しみ》のようにこびりついたまま、こうとしか考えられず、こうとしか生きようがなく、生涯をすごし、死という終局をむかえる。一緒に寝もしなければ、殺しあいもしない、その不分明なかれらの世界、中間地帯というものが葵にはどうしてもわからない。

新校舎がほどなく市街の眺望がきく南西郊外の緑が丘に完成して、体育館もあわせてできたので、もっぱらそこがバスケット部の練習場になった。一階フロアーに接続した半地下のマットや跳び箱といった運動用具置き場が籠球部の部室をかねていたから、そこでユニフォームとトランクスに着がえ、バスケットシューズの紐をきつくしめてコートに出るのは、いつも新鮮だった。

　仮校舎だった夜間高校のグラウンドのバスケット場ではじめて顔をあわせた最初の部員がぬけることもなく、一年生、二年生の新入部員も入って、やっと運動部らしい体裁をととのえてきたのだった。

　先にコートにでている部員もいるので、そこらにころがっているボールを二、三度床に弾ませてから、軽くジャンプシュートを放つと、球は中空に美しい弧線を描いてリングに小気味よい音とともにすいこまれてゆく。中学一年のとき、はじめて公式戦の体育館の会場で目にとびこんできた巧者の選手の技倆をいつの間にか身につけてしまっていた。どこからうってもまず籠をはずさない。特にバックボードのない百八十度の角度からのシュートを葵は好んだ。手首のスナップでふわりと浮きあがったボールが、オレンジのペイントを塗ったリングをめざして絶妙な弧をえがいてゆく。公式戦ではじめて見た長髪の美貌の選手のショットがそれだったからである。

　放課後のトレーニングは、過酷であればあるほどよかった。かっての強豪中学で監督をしていた教師が新しく転入してきて、トレーニング方法は見ちがえるほど秩序だったものになり、これまでの、でたらめ、やりたいほうだい、反則だらけの新米チームもかなりかわってきていた。

緑が丘のうえの日がとっぷり暮れて、体育館の大きなガラス窓が夜の深々とした黒一色の闇でぬられようとも、バスケットコート上の少年たちの汗みどろの練習に終止符がうたれる気配はない。ややもして意識は体からふらふらとさまよいだし、疲弊に耐えるうら若き哲人のような部員たちの瞑想的な顔は、だれでもがたやすく手に入れることができるものではない。それこそがスポーツマンたちの特権的な快楽の表情にほかならなかったからである。それがあやしげな精神というものがいっさいかかわらない、苛酷であればあるほどよい、肉体そのものの酩酊だったからである。

葵は最上級生になっていたが、運動部特有の封建的な雰囲気や服従関係を嫌った。かれにはひとつの確信があったのだ。まだ体力の劣った下級生たちを上級生の権威でいくら指導しても、彼らは決していうことをきかない。スポーツの世界では暴力ほど似つかわしくないものはないだろう。彼らをうごかすことができるのは、言葉ではない。いうことをきかせようとするものが、足をひきずってでも最も苦しいことをやってみせるのだ。そうすれば下級生たちは疲れてよろよろしながらでもついてくる。かれらは肉体の酩酊をともにする稀少な仲間だった。それこそがいかがわしくてならない精神というものが一切かかわらない少年たちの友情というものだった。

練習がおわれば、汗みずくのトレーニングウェアを肌からはぐように脱いで、シャワーの設備はないので、水道の水でからだをふいて、そのまま服に着がえる。部室の電気を消し、体育館の戸じまりをして、学校に最後までのこっていた少数のものたちのためだけに、やけに豪奢な、だだっ広い校庭を、校舎わきの高みから射してくる鉄塔の照明灯のひかりを浴びてもうもうと土埃をあげながらわいわいがやがやと横切ってゆく。これまでの幼少年期の日々、たえず胸にわだかまっていた不安というモヤも、今では汗と一緒にどこかに揮発してしまっていた。ここでは葵は血なまぐさい椿事に恋いこがれる必要はなかった。肉体の酩酊をともにした部員たちとこころおきなく肩をならべてあるきながら、かれらはまるで一箇の肉体を共有しているかのようにおたがいに親和して、葵は外界という風呂にみんなと一緒にのびのびとつかっていたからである。

黒ペンキを塗った校門の鉄扉をから出て、そこから左に直角に坂を下ってゆくと、眼下に夜のとばりが降りた市街の眺望がひらける。近いところは小さなあかりの窓に人影を見つけたりすることができるが、地上に無数の穴ぼこをうがったような遠近法のパースペクティブを展開して、数知らぬ燈火の星屑がぶちまけられている。その穴ぼこのひとつひとつへかれらは帰ってゆくのである。

からだがひりつくようにつねならぬもの、椿事《ちんじ》を渇望するのは、たとえば体育館がつかえなくてバスケットの練習もなく、あかるい午後に、夜、水道山からながめた地上のうんざりするような星屑のひとつ、自分の家に帰らなければならないようなときである。目の前の虚空では処しがたい倦怠の鞦韆《ぶらんこ》がぶらりぶらりとゆれている。小学校六年生まではあれほど家のなかにばかりとじこもっていたのに、成長した葵は家というものを嫌った。そこにいるのが厭でならなかった。そこはなにかしら、窮屈で、遠慮をかんじ、いまわしいようなところだった。だれでも学校や会社のない休日を歓迎するのに、家にいなければならない日曜日が来るのが数日前から憂鬱でならなかった。

ある土曜日、いったん家に帰って、午後からの練習のために、ふだん、顔をあわせることがない両親と昼食をとっていたことがあった。葵はこの歳ごろまで両親や兄姉の家族とまともに口をきいたことがない。

「何時から練習があるの？」

母がきいた。一時半から、という簡単な返事にとっくに吃音がなおっていたはずの葵は自分でもしまつにおえないほどどもった。

「……い、い、い、いち、いち、いちじ、……はんから」

そのとき、家の大権力者の父親がふと箸をとめると、

「ずいぶん吃るんだな」

とまるではじめて末息子のどもりを知ったかのように、じろりと上目づかいににらむように葵を見た。これが葵の家庭というものだった。のびのびとものをしゃべることがためらわれ、真空の筒みたいに緊張感でひきつったような空気がたれこめている。当主の素質と生いたちからなる独自の性格のせいだったのか、そんな色にそめられて幼少期からこんなものだった。そこではバスケット部の部員たちと一緒にいるときのようなくつろいだ気分になれない。父親を範型にしたような小権力者の長兄は、自分よりも目下のものに優越感をしめし、みずからのゆるぎない存在感をしめすかのように、あいもかわらずもっとも年少の末弟を理由もなく怒鳴りとばしてこきつかい、夜がおそい母にかわって朝の食事のせわをする女子高生の姉は、バスケット部のエースにのしあがるとともに暴力ざたがやむことがなく、千人近い全校生徒が集まった朝礼で校長からじきじきに譴責《けんせき》されるほど学校中に悪名のとどろいた不良少年を、にくにくしげに鼻をならして、

「おまえはいつも女のくさったのみたいにうじうじして、ハキハキ口をきいてもっと男らしくしたらどうなの！」

と姉にむかって口をきこうともしない弟のどこに気分を害されたのか、これもさしたる理由もなく、これから学校へゆく朝一番、自分は「女のくさったのみたい」なのか、いわれたものの心中などまるでおかまいなく、父親そっくりの玉のような癇癖《かんぺき》のためにずけずけと悪罵する。このやりきれない、緊張して、萎縮して、遠慮して、なれしたしみにくくてしょうがないものが、夜の水道山からながめた眼下の瞰景《かんけい》、遥かなる天空にちりばめられているけざやかな星座群とくらべてうすよごれた地上の穴ぼこのひとつ、自分の家というものなのか……。

「おもしろくねえな。なにかすることはねえか」

と葵はつぶやいた。いつもは頭上にあかるい陽光のあるうちに、家にかえることはないのである。かれのかたわらにはバスケット部の部員ではなく、不良少年の五藤と夏木がいた。かれらはまだ通学しているだけまともなほうで、常盤をはじめとする多くの不良少年たちは中学三年にもなると、もう学校へはでてこない。首にネッカチーフをまいていたハナタレ小僧の時分からすでに極道街道をひた走る悪党ヒエラルヒーの歯車にくみこまれて、このころにはすでに町のやくざ組織の下ばたらきで金をかせいでいたから、学校に登校する必要などはもうないのである。

「これから西中に行ってみねえか」

つづけて葵は提案した。

「何しによお?」

「校門のところでまってて、でてくるやつらの制服の名札をかたっぱしからいただくっていうのはどうだ」

「名札を?」

「おどかしてかたっぱしから胸ポケットのところにつけてる名札をむしりとってやるんだよ」

葵の脳裡には、手のなかにうずたかくたまったとなりの中学の生徒たちのビニールのケースに入った名札のタバがうかんだ。男、女、いろいろな名前がある。あした、学校へ行ったら、クラスのみんなに見せびらかしてやろう。

「おもしれえ! なんだか辻ぎりみてえじゃん。『やい、このヤロー、名札をよこせ』っておどかすのか」

と混血の弟をもち、自分も色が白くて濃い睫毛の目が大きい、どこかシチリア人のような顔をした、これまでなぐりあいの喧嘩で一度も怖気づいたことがない肝っ玉小僧の五藤が、こまかい歯ならびを見せてくくと轡虫《くつわむし》のような笑い声をたてた。

「校門からでてくるやつらのかたっぱしからむしりとってやるんだ」

「そいつはおもしれえ！」

万引き小僧の夏木が賛同した。かれはほそくて赤毛っぽい頭髪をリーゼントにし、黒い詰襟にはタバコのあまったるい匂いがしみついていた。顔にニキビをこしらえた中学生のくせに、遠くからあゆみよってくると、愛煙家の大人そこのけにぷんぷんとタバコくさいのである。早朝の新聞配達の途中、バーからかっぱらったジョニーウォーカーの赤ラベルを学校そばの水道山にかくしておいて、授業をさぼってはひっかけにゆく。一度は酔っぱらってすわった目つきをして教室にもどってくると、気にくわない教師をおどかすために職員室へ怒鳴りこんでいったことがあった。教師の叱責、学校の成績や素行、そんなものがいったいどうしたというのだ。肺患を病んでいる父親がながらく寝たきりのトタンでぶつけたちっぽけな陋屋《ろうおく》に育ち、飢えた野犬そこのけに現実のあらくれた豺狼《さいろう》どもの荒野で食いものにありつくことが、最大の関心事なのだ。現実世界で生きてゆくためのよすがはもうこんなところにはない。この中学さえ出たら、たちまち夏木の背中には刺青の筋ぼりが入ることになるだろう。そのときは、からだにスミが入ったお祝いにせわになった教師を酒場によんで、もしかれらがしりごみしないならば、おおばんぶるまいしてやることもあるだろう。

三人のこわいもの知らずの少年たちは、頬にふつふつとこみあげてくる愉悦の笑いをおしころしながら、風をきってとなりの西中学校へいそいだ。行く手をそばむものなどなにもありはしない。なぜなら、かれらは「中間地帯」の住人ども、世俗のくすんだ色に染まった世間のしきたりと思惑のなかで毎日きゅうきゅうと生活している町のあらゆるひとびとに優越していたからだ。買い物の主婦は買い物の主婦であるために、車の運転手は車の運転手であるために、商店主は商店主であるために、散歩している老人は散歩している老人であるために、年端もいかない子供は年端のゆかない子供であるために見下されてもしかたがなかった。

だが、やってきて、落胆した。まだ授業中なのである。校門まえは閑散として、外を歩いているものはひとりもいない。これでは生徒たちの制服の胸から名札をむしりとりようがないので、かれらはしかたがなく校庭の境の金網のまわりをうろつきまわっていた。するうちに校舎のあちらこちらの翳った窓から、おとなしい、しつけのよくゆきとどいた、白い顔がちらちらとそとにむけられるようになったのだった。このとき、事態は三人の不良少年の無邪気な魂胆をこえて、険悪な方向へむかいつつあった。

しばらくすると、かれらの顔なじみの四角い漬物石《つけものいし》みたいな悪覚面をした西中の不良少年が、金網の三人組のところへ無人の校庭をひとりですたすたあるいてくると、

「おれは今日ちょっとヤバイから、わるいけど、ふけさせてもらうぜ」

とまぶしそうな顔で五藤にいった。

「なに？　なにいってんだ。なんでおめえがやばいんだよ」

「だってなぐりこみにきたんだんべえ。だれをやるんだ？　おれはちょっとふけさせてもらうけど、あとでお返しするから、わるくおもわねえでくれよな」

人相の悪い少年は真顔でそういうと、もうすでに校舎の窓に鈴なりになっている生徒たちの衆人環視のなかを、もときたほうへひきかえしていった。どうやら三人組はいつの間にか学校全体を敵にまわしていたのである。

「あいつらカンちがいしやがって！　こうなったら、やってやろうじゃねえか。何人だっ

てでてきやがれ。ひとりのこらずぶっとばしてやる」

「西中のこしぬけども、そんなにぶちころされてえのか！」

リーゼントがいつのまにかタバコに火をつけて煙と一緒に吐きだした。しかし、いくらなんでも多勢に無勢はいなめなかった。三人対学校全部なのである。

「まってろ。常盤なんかをよんでくるから」

と五藤はいいすててその場から姿をけした。こんなとき、ふしぎでならないが、不良少年たちはどこか近くの電柱かゴミ箱の蔭にでも身をひそめて、今か今かと自分たちの出番をまっているかのようだ。たちまちばらばらと仲間たちが集まった。

これだ！　まさにこれにほかならなかった。葵と不良少年たちの緊密な紐帯をむすびつけていたのは、これにほかならなかった。学校の塀の金網のなかでは、腕におぼえのあるらしい、体格のいい、少女たちにいいところを見せたい、虚勢をはったあらくれどもが手に手にぶっそうな凶器となる棒きれをもって、そこらを威嚇するようにたたきつけながら空気は一触即発の危機に直面してキナくさいにおいをたてはじめる。ここにはおさない葵をおびえさせ、やわらかい魂を萎縮させ、内部を酸のように腐食してやまなかった不安はなかった。かれの内側は外側と同質同量になり、そのかぎりなくやさしい外部にこころをひらいて、この場所でこそようやくひとなみに外界という風呂にひとびとと一緒につかることができるような気がするのである。

生まれついての美学者は、没我の陶酔するべき美しい花びらをめぐって刹那から刹那へとあぶなっかしくつなわたりをし、凡庸な日常生活の光景からは奇妙に隔絶されて、いっしょに寝もせず殺しあいもしない、その不分明なグレイゾーンにおかれると、どうにも居心地がわるくてならないのである。このさき体格にめぐまれ、世界の好敵手にふさわしい、大胸筋が左右ふたつに大きくわれて、つややかな革の鎧をまとったアレキサンダー大王のような強靭な肉体さえものにしたら、かれはまちがいなく格闘家になったことだろう。六メートル四方のリングのなかで鍛えにきたえた肉体の生死を懸けた本物の戦いにいどみ、スポーツアリーナにみちた数しれぬ観衆の熱狂と大歓声のど真ん中で、古代ギリシャの剣闘士たちのように無上の歓喜にうちふるえながら、頭をわられ、血をながし、首の骨を折られ、腹をえぐられて死ぬだろう。

運動着は汗みどろのまま部室のスポーツバックのなかにおしこんであるので、つまみ出すと、サポーター、トランクス、ユニフォーム、タイツ、足首をまもるための登山用の厚地のグリーンの靴下の一枚一枚から腐った汗の強烈なアンモニア臭が鼻をついた。たとえ洗濯したとしても、一日の練習の汗でずぶぬれになった運動着はかまわずバックにほうりこんでしまうので、肌に異臭をたてる運動着を身につけることに、たいして変わりはしないのだ。白地のランニングのユニフォームの胸には、緑が丘中学校バスケットボールクラブを略して、ＭＢＣとグリーンの英字がならび、葵の場合はその下に背中の大きな４のゼッケンナンバーと同じ小さなナンバーが入っている。だれしもこのユニフォームを着ることができるというわけではなかった。苛酷であれば苛酷であるほどいい、そういう練習のもたらす肉体の酩酊を共有しうるものたちだけの、まるでおたがいが一箇の肉体を共有しているかのようなスポーツの快楽を享受しうるものたちだけの、なにかしら特権的な衣裳に似ていたからである。

半地下の部室の階段を軽快にのぼって、体育館の広いコートに出るとき、いつも気分は新鮮だった。部員たちがコートにでそろったころ、準備体操からはじめるトレーニングのメニューを順次こなしていって、あたりが暮れなずんでくると、放課後の体育館の出入口や二階の観覧席の手すりでたむろしていた見物の生徒たちの姿もしだいに消えてゆく。そうして温室のように大きなガラス板がはめこまれた体育館の窓に、黒々と、のっぺりとした夜の闇がしのびよってくると、いよいよバスケット部の肉体の狂奔《きょうほん》はクライマックスをむかえるのである。強豪チームからやってきた教育大出の監督はよく練習で卒倒する部員の話をしたが、疲弊の風船玉が破裂する前に空気ぬきをしてしまうので、葵はまだそういうことはなかった。また部員で練習中に失神するものはでなかった。

しかし、できたら卒倒してみたかった。コートの床に意識をうしなっておもいきりぶったおれたら、どれほど爽快なことだろう！　身を切りきざむ拷問に耐えているかのように陰鬱に眉をくもらせた本物のスポーツマンたちは、その正真正銘の肉体の極にある酩酊を知っているはずなのだ……。

「むけたところに毛がはさまると、痛えからなあ」

と鹿島が脚のつけねのところだけにあてる西洋のふんどしみたいな腰のサポーターをむしりとりながらいった。男性特有の股間のよぶんなものが運動中にぶらぶらしないように、上からゴムバンドでおさえつけておくのである。

「そう、そう、痛えんだよな」

練習が終わって、裸電球が天井からぶら下がったむきだしのコンクリートの部室で、三年生たちはみんなでむきあって着がえていた。太陽にあたらない白い下半身に電灯があたって陰毛が黒々と密集したなかに、まだ大人になりきれていない包茎の性器が頭をもたげているのは、ときに半陰陽《はんいんよう》みたいなエロティックなものに見えるときがある。ふとももの肌の白さとコントラストになった陰毛を平然とみんなのまえにさらしている今の鹿島がそうだし、葵もそうだった。ここには不良少年はひとりもいない。そしてチェリー・ボーイ（童貞）ばかりである。だれの股間にも黒々とした大人の毛が生えて、童貞さまの世なれない小ぼうずどもは包皮から頭をだしたかとおもうと、なにかの加減でふたたびキツイ皮のなかに頭をひっこめる。そのときに陰毛も一緒にまきこんでしまうのだった。それが痛いのである。

「中橋はどうするの？　進学するんだろ」

とつづけて鹿島がいった。

「うん、いちおう進学だろうな」

葵は、子供のころ、雑誌で見ていた六大学野球の影響で慶応大学にあこがれていた。それからバスケットをやっていた映画スターの出身校も慶応だったのである。教科書のたぐいは学校の机のなかにつっこんだままで、教室にはそっぽをむいて、教室でやる勉強のことごとくは無視していたが、クラスでいつか慶応に入りたいとはなしたことがある。

すると、見るからに、将来、早稲田にゆきそうな、大柄で、ニキビだらけの赤ら顔の少年が大目だまをむいて、「慶応？　あんなところは学生がねんがらねんじゅうパーティーばっかりやってて、金もちのお坊ちゃん、お嬢ちゃんがゆくような、どうしょうもない軟弱な大学なんだぞ」と野ぶとい声でこっぴどくばかにされたことがある。

「鹿島はどうするんだ？」

「おれも中橋とおんなじだよ。勉強なんかしたくねえんだけど、おやじがうるせえから」

「ふうん、滝沢は？」

「おれは都立二商だよ」

「そこでもバスケットをやるんだろう？」

「あたりまえだよ。家が近いから、練習もよく見にいって、もうきめてるんだ」

「そうか。滝沢のうちは二商にちかいからいいよな。笹久保は？」

「わかんねえ。姉ちゃんが高校くらいは行けっていってくれるんだけど」

「柏木はどうするの」

「おれは勉強がきらいだから、おやじのあとをついで大工になるんだ」

「中学出てすぐか？」

「そうだよ」

葵はクラスの担任に教室でつかう木の小箱をつくってこいといわれたことがあった。柏木にたのんでつくってもらって提出したら、教師は目をまるくしておどろいていた。それはどこからどうみても、金のとれるプロの職人の仕事だったからである。

「数馬は？」

「おれは進学だ」

「小清水は？」

「中橋や数馬とおなじだよ。いちおう進学だろうな」

汗みどろの運動着はめいめいのバックにおしこんで、着がえのすんだ部員たちは部室のあかりを消してそとにでる。夜間照明でてらされて、少年たちのまえにはただかれらだけのために、夜のやけにだだっ広くて、豪奢なグラウンドが海のようにくりのべられていた。日中のさわがしい活動から解放されて、しんしんと眠りこけているグラウンドに足をふみいれると、照明のひかりを受けてふまれた校庭の土ぼこりがまるで西部劇の荒野の決闘のようにもうもうと舞いあがって見える。下級生たちをふくめてバスケット部の部員たちがそうしてわいわいがやがやと歩をすすめてゆくと、緑が丘から望む満天の夜空に無数の星々が鏤《ちりば》められている。それらの手のとどくような北天のパノラマに、ゼウスの子を宿したことからヘラの嫉妬をうけて天にめされた美しい妖精のカリストの大熊座がある。そこに柄杓の形をした七つの星を見つけるのはぞうさもないことだった。水をくむ合《ごう》のはしからまっすぐに線をひいたさきが、カリストの子アルカスにあたる小熊座の尻尾の尖端でひときわつよくひかっている北極星である。その海にしずむことのない星にピントをあわせて三脚のカメラのファインダーをひらきっぱなしにしておけば、そのまわりをぐるぐると年輪をきざむようにまわる星々の写真が撮れるはずである。

「あれが北斗七星だよ」

と葵はすぐよこをあるいていた下級生にいった。

「え、どこ、どこ」

「ほら、あそこの柄杓《ひしゃく》の形をしたやつだよ」

葵の目には、中空の一画に架かった大ぶりの柄杓の形の星が明晰に見えていた。すると下級生は、

「ひしゃくですって?」

とふいに笑いだした。かれはまだ柄杓という言葉を知らないらしかった。下級生が笑

い出すと、あたりにいた部員たちはみな笑った。葵も笑った。下級生が北斗七星を知らなくても、また柄杓ということばを知らなくても、そんなことはどうでもいいことだった。なぜなら、葵はかってなく、これからもないほど幸せだったからである。

このとき、葵《まもる》は十五歳、祝福された肉体の季節の絶頂期にいた。

第七章　精神の地獄

しかし、すでに絶頂期から顚落していたのであろう。身長はもうのびない。凋落はすでにはじまっていて、早熟体質の肉体のバブルは崩壊していたが、それが青春期の目にみえる破綻にいたるあいだには時差があり、そのためにはあと二年を要するというだけだったのかもしれない。

したがって、暴力とスポーツの肉体の季節はまたたくまに去って、来たるべきものがきたのである。言葉のない世界に生きることができたのは、ひとに優越する肉体があったからだが、優越するべき肉体がなくなったとき、もとの黙阿弥《もくあみ》になる。

高校二年生、十七歳になっていた。

自分の住んでいた町から都心方面に向かって六番目の駅、三十分足らずのほぼ武蔵野のどまんなかに葵の進学した私立M高校があった。娘時代に読んでいた雑誌によく寄稿していたことで教育ママ的な傾向のとぼしい母親ですらその名前を知っていた、ある高名な教育者が学園長をして、武蔵野のモミジ、コナラ、クヌギ、クリなどの木立に囲まれた広大な敷地内に幼稚園から高校まで、学園長から教員の宿舎までが整然とおさまっていた。制服がむかしの海軍士官のような紺のサイドベンツにホック式のもので、多摩近辺のいくらかくらしむきが楽な家の子弟たちがかよう学校としてしられていた。

中学ではバスケット部のエースであり、学校中から恐がられる番長グループの非行少年だった葵は、しばらく、肉体の季節の利息で暮らしていたが、ついに絶対の瞬間がやってきたのである。M高校に上がった当座はクラスのなかでも真ん中あたりで、それでもせいいっぱい自分を大きく見せる背伸びをしていたが、十センチ、二十センチと雨後のタケノコのようにぐんぐん身長がのびる生徒たちのなかで、ひとり葵はとりのこされていったのである。いずれにしてもみんなよりも一足先に成熟してしまっていたのだった。いつも学校のある駅のホームの通路で出会うクラスでも小柄な生徒がずいぶん大きくなって、サイドベンツの制服のせいもあって立派な体格になっているのをみとめたとき、うちのめされたような気持がした。そうして自分がクラスでチビのほう、肉体的な劣等者、肉体的な臆病者になっていることを認めざるをえなかったとき、これまで肉体の季節を謳歌したことがあるだけに、それだけに失墜感が大きかった。生徒たちに君臨していた英雄がひきずりおろされて、泥だらけの地べたにほうりだされたのであった。肉体と精神をめぐる相関関数に青春期のわずかな期間に翻弄され、いかに精神が肉体に依存しているかということは、不条理きわまりなく、およそつまらない、ばかばかしい、そんなことはどうでもいいようなことであるけれども、葵のような少年にとって、それがうしなわれてはじめて肉体のヨロイというものがいかに大切なものだったか、いかにそれがよわい精神を護ってくれるものか、そのかけがえのない意味にはじめて気がつくのである。

M高校では、当然、バスケット部に入ったが、一年の学年の差が主人としもべの関係になる運動部特有の封建的な空気をきらって、あれほどうちこんだスポーツを二年になってやめざるをえなくなった本当の理由について、まだ自分のなかで整理がついていなかった。この学校のチームはかってオリンピック代表選手を出すほどの伝統があったが、選手が体格的に小粒ぞろいのチームのレベルはひくく、過去のかがやかしい歴史に反比例するかのように虚栄ばかりがもえさかっていた。休日にとおく都内の隅田川を渡った城東地区に練習試合に出かけても、まず勝てない。そもそも肉体の酩酊をともにするというスポーツチーム特有の先輩後輩わけへだてのない自由な雰囲気というものがなかった。あるのは言葉と下級生を萎縮させる上級生の権威ばかり、そういうものに嫌気がさしてバスケット部をやめたつもりだったが、まだ本当の理由というものが葵はわかっていなかった。

青春という性と自我にめざめ、ひとの生命がもっとも芳《かんば》しくかおり、世界からもろ手をあげて祝福されるとき、肉体のバブル崩壊をめぐるミンスキーモーメントにおそわれて、つもりつもったこころの負債地獄にたたきおとされた。この地上のどこかに自分の椅子を占めていると無邪気に錯誤していた自分は、単におのれの生の条件を失念していたにすぎなかったのである。そのことを思いしらされたのだった。葵のわかすぎる生はゆきづまった。ゆきづまったのは当然だった。どもりを表象する精神というものから目をそむけて、肉体のバブルにおぼれた虚偽の少年期をすごしてきたからである。

そのあからさまな結果として教室で出席をとる教師に、たった「はい」と返事をすることすらできなくなっていた。そこには、ひとびとの輪の外側でどもりにどもって怯懦《きょうだ》と恥辱でぶるぶるふるえながら立往生している自分がいた。中学一年のときに出会ったあのひどい難発型の吃音者の影浦は、葵にほかならなかった。

それが葵と世界との原則的な関係だった。

すべては砂上の楼閣のようにさらさらと音をたててあっけなくくずれた。

これからどんなめざましい展開がまちうけているのか、新鮮な感動でみちているべき青春ドラマは幕があくと同時に、おわりをむかえてしまったようなものだった。よわくてならない精神を、まわりの少年たちよりもすぐれた肉体で鎧《よろ》ってきたが、体格という、ことにわかい成長期の相対比較の世界では、自然の法則によって今度はまわりの少年たちのからだが日に日にめざましく大きくなってゆく。そんななかで葵の肉体の優越性はみるみるいろあせ、それどころか劣等の部類に属するようになっていったのだった。朝礼では一番ちびは一番まえに立たされる。かつてスポーツと暴力にあけくれ、ちっぽけな英雄であったものが、いともかんたんに虚栄の玉座から蹴おとされ、いまでは肉体的弱者になりさがったものの、美々しい緋縅《ひおどし》の鎧をうしなった生身の精神というものが封印からとかれてたけだけしくのさばりだしてきたのである。葵の生の本質にいかなる変更もくわえられていなかった。こころの奥底には小学校三年の不安がそっくりそのままのこされていた。

武蔵野から帰れば、子供のときからすごしてきた地もとの町で、むかしの不良少年仲間とあうこともある。スポーツの世界では不適格者になっていたが、では暴力の世界ではどうだったのか。

ある宵、駅前のパチンコ屋のこみあった通路で常盤に会った。

小学校六年のとき、銭湯の釜場のほそい通路をひとりで葵を恫喝にやってきて、不良少年たちの世界への水先案内人になった、坊主頭、ギョロ目、ちびの悪ガキは、その世界の若い衆になりかけて、からだも見ちがえるほど大きくなっていた。葵が買ったばかりの玉を掌にもっていたので、

「玉、くれよ」

と手をだした。あたえた。

「おれにもくれ」

とつづけて常盤の背後から手をだしたものがいる。葵よりもさらに小さな栄養不良みたいな貧弱な体格の年長風の少年だったが、草色じみたひどくわるい顔色をして、下のほうからそらすこともなくじっとにらみつけるように葵にむけた目は、常盤とおなじ世界の人間であることが知れた。かれにも不承ぶしょうあたえた。このとき、葵は生まれてはじめて人殺しの顔を見た。

その店をでてから、三人でそこらを散歩した。なぜかふたりのならず者の足は仲間のいるあかるくて繁華な町のほうではなく、しずかで、うす暗い住宅地のほうばかりにむかうのである。年長の少年はパチンコ屋の店頭にでもつないでおいたのか、一頭の頑健そうな日本犬の手綱をひいて、犬はがっしりした腰の毛をゆすりながら三人の眼下を黙々と歩いてゆく。子供の時分から自分はさして強くもないのに、常にボスの座を占めてきたのはふしぎと悪党どもの世界のコネクションに通暁して、その世界の顔役たちに容易に接触する秘訣をわきまえている常盤は、ゆううつそうな横顔を見せながらひくい声で年長の少年にしゃべりつづけている。かれらはある人間をいためつける密談をしていたのである。密談に耳をかたむけながら、小学生の葵だったら、人一倍残虐なものを見たがる特有の性癖に駆られて血なまぐさい暴力の現場に胸をおどらせたかもしれないが、これまで生活していた場所をはなれて武蔵野のひろい世界に電車でかようようになったいまは、なぜか臆病風にふかれて、ふたりの陰鬱な密談からうかんでくる風景がわけもなくこわい。高校一年のときクラスに世田谷の女優の息子がいた。かれにさそわれて武蔵野をこえて渋谷の芸能プロダクションに入り、休みのたびにこれまでとはちがう都心の繁華街をファッション雑誌のページの一コマのように闊歩してきたいまは、いやでならない。やられる人間がいたましく、あわれでならない。

ある夜半、一軒の家で家族とテレビを見ながらやすんでいた男が、ふいにおとずれた客によびだされてうすぐらい門前にでてくる。なんのことやらわからずに玄関に顔をみせたとたん、暗闇でギラリと光るものがある。よくみがいた自転車の細身のチェーンが鞭《むち》のようにシュッとのびてきて、男の顔にとびかかったのである。男はひとりの暴漢が手のなかでまるめていたチェーンで顔面をえぐられる。鋭利な刃物で切りつけられたように顔の肉が鮮血をふいてきりさかれる。暗い門前にあわれな生贄《いけにえ》が血まみれの顔を両手でおさえてたおれる……。

そのとき、暗いとおりぞいのどこかの庭先でキャンキャンと飼い犬のほえ声がした。顔色のわるい小さな男は、ふと、立ちどまると、日本犬のまえにひざまずいて首の鎖をといた。それからしずかな声で、

「殺《や》ってこい」

と犬にいった。声を落としたまま、つづけて常盤にいった。

「こいつの牙はまるでナイフみてえだ。どんな犬だってやっちまうぜ。人間だってやっちまうだろう」

日本犬が無言のままものなれたようすで生垣のあいだから庭にしのびこむと、飛び跳ねるように潑剌としていた飼い犬のほえ声は風船玉の空気がぬけるようなうなり声とともに、すぐにやんだ。日本犬は黙ったまま何事もなかったようにでてきた。

「あれ、なき声がやんじゃったよ！　どうしたんだろう？」

家のなかでカン高い主婦の声がしたが、その時はすでに三人と犬は暗闇にまぎれて音もなくその場所からはなれていた。

夜の住宅地を迂回して小さな男の家についた。そこはかつて裏庭で中学生の番長グループが日本刀の刀身をヤスリで短く工作していたところにちかく、橋のたもとの崖みたいな傾斜地に木造二階の古家が建っている。茶室の躙《にじ》り口のようにせまい戸口から男が犬と一緒に入っていったとき、なかのようすがかいまみえた。老いた病人でもふしているのか、うす暗い電灯の下で虫のなくようなよわよわしい声がきこえ、むきだしの黒々とした太い床梁か根太のようなものが黄色い電灯にてらされているのがみえる。これまで葵が見知っていた不良少年たちの家というものがどこでもそうであったように、やはりこの家からもどうにもならない貧窮と家庭の不幸のにおいが黴臭《かびしゅう》のようにただよってくるのだった。

その日からあまりたたずに、ある夜半、車で奥多摩の山のなかに拉致されたひとりの人間が集団リンチにあって殺された。致命傷は頭蓋を建設作業用のハンマーでわられたことだった。複数の加害者たちがひとりずつ順番に被害者の頭めがけて凶器をふりおろしたのである。新聞、テレビ、週刊誌、マスコミの報道はおおきなあつかいで、犯人グループはすぐ逮捕された。葵がのちに夏木に会ったとき、

「あぶないところだったよ。もし、その晩、常盤に声をかけられていたら、おれも一緒に奥多摩へ行っちゃっただろうな」

といわれた。それは葵も同感だった。三人で散歩した夜のように、もしかれらと一緒にいたら、かれもまちがいなくリンチ殺人の現場にいたはずである。常盤のすがたが町から消えた。顔色のわるい小さな男もいなくなった。みずうみのほとりから引っ越してきたばかりのころ、町をあるいていたら、

「やっちまえ!」

と野犬のようにおそいかかってきた坊主頭の精悍な悪童。さらに小学校六年のとき、ジャンパーのえりに派手なネッカチーフをえりまきのようにまきつけて、まるで秘密結社みたいに特権的な悪事を謀議中のようだった非行少年。タバコを一緒にすい、葵の思

いでのような悪童、子供時代のかけがえのない友だちのひとりは、鉄格子の人生に旅立っていったのだ。

しかし、葵は葵の旅がある。どもりという八方ふさがりの言葉の壁にぶちあたって、イギリスのおなじ十七歳の虐《いじ》められっこの少年は家出して北極に行ったのに、この国ではどこへも行くことができない旅が……。

ことばの世界から顔をそむけてきたひっぺがえしは容赦のないものがあった。学校はことごとくことばの世界である。言葉なしにありえない。席次の順番に教科書の朗読をさせられたり、前に出てレポートの報告をさせられ、黒板で数学の方程式をといたり、なんらかの課業をかせられる。教室でなにかのことばを発しなければならない、そのことごとくが緊張でこおりついた身の縮むような恐怖だった。あの影浦のように腐敗した精神をもつ、人間のようなツラをした生きものの最大の念願は、自分の順番がまわってくる前に終業のチャイムが鳴ってしまうこと。じりじりせまってくる恐怖の瞬間から、どんな姑息な手段を使ってもいいからにげてしまうこと。あと十分、あと五分、あと一分、今この瞬間の恐怖からとかれること。学校にいるかぎり、教室にいるかぎり、今か今かと絶対の恥辱におそわれる瞬間に神経をすりへらしている。教師に出席簿の名前を呼ばれて、たった「はい」とすら返事をすることができない。『ただいま』っていってごらん」それすら口からでなかった小学生のままである。校庭で友だちと円の中心から外へ逃げる遊びをしている。葵が鬼になったとき、「とまれ！」とさけべば、友だちは止まるが、そのことばが葵の口からはでてこない。放課後の掃除当番が終わって一列に整列したときに、「横へならえ、なおれ！」という簡単な号令がかけられない。小生意気な海軍士官のような紺の制服を着ているかぎり、宮仕えの小心な婢《はしため》のように四六時中神経をすりへらしてビクビクおびえているだけである。まるで一秒一秒があぶら汗のたらたらとにじむ苦しみでみちていた。ことばが口からでないというおびえ、絶体絶命の恥辱の瞬間……。そんな臆病でならない内心のごときは、かぐわしい桜爛漫の青春たけなわのとき、気どり屋の多いクラスメイトに卑しめられ、あきれられ、憐憫《れんびん》まじりの同情はんぶん、隅の隅までみぬかれている。近い過去、バスケット部のエースで不良少年だったちっぽけな英雄を気どっていたというのに、このみじめきわまりないざまはいったいどうしたというのであろうか。もう二度とやってこない、青春期のまっさかりに、春がきたのにおわかれですかと恋の歌の一ふしすらうたうこともなく、葵のくちからは唖者のように、不具者のようにことばがうばわれてしまったのであった。ふいにころがり落ちた精神のおとし穴に自分はどうしていいのかわからない。

十七歳の子供らしいことをおもいついた。学校や教室にはいたたまれない。自分の場所がない。それでは日曜のたびごとに時代の流行児みたいなしゃれたファッションであそびにゆき、友だちとあるきまわった大都会はどうなのか。ある日、駅のホームでふと思いついて、武蔵野からより郊外の自分の住んでいる町ではなく、反対側の新宿ゆきの電車にとびのった。

大都会の新宿だったら、まだ自分の居場所があるかもしれない。

午後おそい新宿駅の通路の人ごみをかきわけて、鞄をかかえたままよくなれている中央東口から大都会のにぎやかな街路にとびだした。通行人にあからさまに顔をみられないように学帽をふかめにかぶって、学校のある武蔵野や自分の住んでいる町とは截然《せつぜん》とふんいきがちがう大都会のペーブメントをうきたつようにあるきながら、鬱《うつ》したこころにこれまでの自由の感覚がよみがえってきたかのようにも感じられた。なぜなら、この広い世界では武蔵野の学校での具体個別性がうすめられて、任意の、どこにもいる、無名の少年でいられたからである。しかし、まだまだ不十分だ。かつてそうであったような自分が自分であるためのたしかなものがほしい。

デパートの入口をくぐって、ここに用事がある客のように楽器売場のフロアーに足はむかった。プロのエレキギター奏者が新しい楽器購入のためのテストでもしているのか、そこでは一人の若い男がギターをアンプにつないで試弾していた。テンポの軽快な曲をエレキ特有の音色でスピーカーから奏《かな》でながら、このあたりのどこかのクラブのバンドで働いているのか、的確なテクニックはただの音楽好きのアマチュアではないものが感じられた。葵は学帽をふかめにかぶったまま椅子に坐った男の背後に立ちつくしていた。時折男は手をとめて、女店員に話しかけた。女店員は腰をかがめて懇切に男に耳をかたむけて、アンプのボタンを調整したりして、男にしたしく接している。またエレキギターの独奏がはじまる。アップテンポのリズム感のある音色がさまざまな音符記号そのままに楽器売場をかろやかに疾走してゆく。いつのまにか男のまえにはやはり学校帰りらしい黒い学生服の少年が立っていた。奏者の前後にむきあって立ったふたりの少年の視線はちらりちらりとあわざるをえないので、葵は身をかたくしたままふかい学帽の鍔の奥の目を光らせて相手を注意深く睨みつけていた。対向している少年も葵を不審な顔つきでにらんでいた。

都心から郊外まで各駅停車の電車で帰るのはめんどうだったので、途中をはぶいて通過してしまう新宿発の列車のボックスシートに腰をかけていた。まだ出発まで時間があるらしく、葵のちかくも、その車両全体にもほかに乗客のすがたがなかった。かれは黄昏がせまっている窓のそとを見ていた。列車のすぐそばにコンクリートの電柱が立ち、電線にむらがっている数羽の鳩が線路わきに舞いおりてきては、せわしく電線にとんでゆく。鳩たちがなにをしているのか、窓枠に顔をあげると、焦茶色にくすんだバラストに黄色いキャラメルの空箱などとともにパン屑のような白いつぶつぶが散っているのが見えた。鳩はそれをさかんにつついては、電線に飛びたってゆくのである。また上からばたばたと舞いおりてくるのがある。その鳩たちのまどいの光景を、葵はただひとりでほうけたようにいつまでもながめていた。

大都会に自分の椅子はない。自分の町はどうなのか。ジャンパーにラバーの厚いズック靴をはいた小学生だったとき、悪童たちと万引きしたチョコレートの香りがする口にタバコをくわえて、ズボンのポケットにはぶっそうな喧嘩道具をしのばせて、あたりに喧嘩をふっかけるようなから威勢でアスファルトの舗道をのしあるいていったはずだ。そのむこうの西空のビルのあいだに夕陽がしずんでゆく街は、待ちこがれている椿事が花火みたいにぱちぱちとはじける無法のジャングル地帯だったはずである。

都市のメインの駅で途中下車して、自宅のある西地区まで一駅分をあるいた。アーケードがめぐらされた繁華な大通りには気おくれを感じて、薄暮の迫ってきた中通りを歩いているときだった。コロッケだのメンチカツだのを揚げている店先にあかるい電灯を輝かせた一軒の肉屋のまえは、大勢の買いものの主婦たちでにぎわっていた。みじかくかりこんだ頭に白いタオルでねじり鉢巻きをした店主が、声高にものをいってあたりにむらがっている客をさばいている。その店先をやりすごしてから、葵はたちどまって肉屋をふりかえった。さかんに客にことばをかけている店主と、晩飯のおかずを考えているらしいひとりの主婦の思案顔が、明かりを受けてそこだけレリーフのようにうきあがって見える。そのとたんに、葵は悲しみにとらわれた。自分はそこに入っていけない、自分の場所はそこにはなかったからである。

人間の世界は、ことばの世界にほかならない。ことばから顔をそむけて肉体の世界にうつつをぬかしてきた蕩児への仮借ない罰だった。十二歳で詩を書く少年にならず、ひとびとのことばの氾濫にデフェンスシステムを構築せず、自分自身のことばの体系を形づくってこなかったものにおそいかかってきた罠にはちがいなかった。これは、自分から、自分の生存条件から逃げて、なにひとつとして自己固有のことばの体系を自分のなかにきずいてこなかった、懶惰《らんだ》で、いつわりだらけの少年期をすごしてきたものへの劫罰《ごうばつ》だった。なぜことばの防御態勢をきずいてこなかったのか。かくも怠惰な日々をおくってきてしまったのか。なぜことばに吃する臆病な子供のままでいなかったのか。

なぜなら、そうしないほうが幸せだったからだ。部屋にとじこもって自分をなぐさめる本をひもとかず、詩を書きださず、さまざまなことばの伽藍《がらん》のごとき構築、その美しい綾模様に陶酔することなどもってのほか、ことばにかかわるいっさいがっさいをふれてはならない禁忌としてとおざけ、ことばとかかわらない世界へとびこんでしまったほうがずっと幸せだったからである。

しかし、今、その罰をうけている。どこにも逃げるところがなかった。

そのとき、この世界の最大の謎は、神というものが存在するかどうかということであった。神の存在がまるで数式でも解くように確実に証明できるのものなら、その絶対的な存在のまえに、たかがおのれふぜいのひとりの人間ごとき、衆人環視のどまんなかでいかにぶざまなすがたをさらそうとも、みにくく、卑しく、劣ったものであろうとも、そんなどうでもいいような、たかがいっぴきのじぶんというがごときものなど、絶対者のまえにまったく問題とするにあたらない。神さえ存在すれば、その存在を証明する確実な数式さえわが手にすることさえできたら、すべてを神にゆだねて生きてゆくことができる。だが、家のなかにいくらでもある仏教関連の難解な語彙であふれた書物をいくらひっくりかえしてみても、いたるところではかなげな無常観は説かれているけれども、神の存在という、たったそれだけが知りたい明証の言葉はえられない。


足もとに雪の白い粒がひとつころげた。

見あげると、通りのむこうの街灯の光の傘のなかを雪がちらほら舞っているのが見えた。

「ああ、雪なのか。雪がふってきた」

とつぶやいて、葵は山のなかに入ってゆくゆるやかな傾斜路をまるで散歩でもするかのようにのぼっていった。ふしぎと体に鋭利な刃物をたてていた寒さはかんじなかった。

二月の夜だった。

一日にうちで曙光ののぼる直前がもっとも冷えこむように、一年のうちで春のおとずれる直前がもっとも寒いのである。できれば神隠しにでもあったように、この地上から忽然と姿を消してしまいたい。人間というものは、亡骸のひとかけらものこさず、いっさいのあとくされもなく、死ぬべきなのである。死後の世俗まみれの詮索とはいっさい無縁であるために、まるでこの地上のどこにもいなかったかのようにこの世から消えてしまうべきなのである。

ある宵方、家を出奔すると、五十CCの軽オートバイで甲州街道を西のほう、甲斐山梨のほうにむけて走った。なぜなら、その街道を都県境の峠を越えてゆけば、みずうみのほとりに幼年時代を過ごした聚落《しゅうらく》があり、そうしてさらにその暗黒の夜の旅の果てに、この地上から神隠しにあったように消えてしまいたい願望にとりつかれた少年の死の世界があるはずだったからである。十七歳の自殺企図者はその現実の手続きにはまったく不熱心で、とにもかくにもバイクにのって西の山脈地帯のほうへかまわず走りさえすれば、そのはてに死があるとかんがえたのである。だから、真冬の夜、ふきっさらしのバイクでツアーリングする服装の準備すら怠っていることにすぐ気づかされた。下は学校へ行くときにはく革靴と下着のうえにじかに制服の冬用ともいえないようなウールの紺サージのぺらぺらしたズボン、上はクルーネックセーターの上にジャンパーをはおり、頭は無帽で首にアスコットタイをしめ、手には防寒には不十分なうすい皮手袋で、まるで家のちかくにでも遊びにゆくような身支度ではかねて計画していた黄泉路《よみじ》への旅にでたのである。

都県境の峠にさしかかると、定期便のトラックの運転手が入る終夜営業の食堂があったので、入ってカツ丼を食べた。家で夕食をとったばかりなのに、何を食べたのかわすれてしまったほど腹がすいて、煮えたカツと玉葱にあまい半熟卵がかかっているごちそうを割箸で口にかきこんでいくらでも食べられる。

再度、オートバイにまたがり、その峠を越えたあたりから、てきめんに服装が冬の夜のバイクツアーに不適であることをおもいしらされた。寒いというのではない。厳冬の寒気は、ふきっさらしの車上の者に鋭利な刃物でずたずたに切りつけてくるのである。その痛みをやわらげるために、バイクを疾走させながら、家の近くの薬屋では売ってくれなかった睡眠薬のかわりのトランキライザーの錠剤を口にほうりこんでがりがりと噛んで、ポケットウイスキーで飲みくだした。錠剤は苦く、アルコールを受けつけない体質の少年にはウイスキーがあまりにもまずいので、罎《びん》が邪魔になるから、それはすてた。家の近くの薬局の主婦は、睡眠薬を売ってくれなかったのである。はたしてトランキライザーで死ぬことができるのだろうか。

相模湖の駅前を過ぎて、みずうみの岸辺にそって国道をうねうね行くと、ほどなくかっての江戸時代の大名の参勤交代の折、甲府から江戸への十番目の宿場にであった北相模の吉野宿に出る。東の下宿《しもじゅく》の突端にある釣り船旅館を右にまがれば、西の上宿《かみじゅく》のはしまで一町ほどもあろうか、直線道路の古い宿場町である。その聚落にさしかかったとたん、夜目にも街道ぞいの埃をかぶって黒々とひとかたまりにつらなった、二階建ての古風な旅籠ふうな家々の破風が、まるで魔法箱をひっくりかえしたように、生まれてから九歳まですごした幼少年期にながめたのとそっくりそのまま目にとびこんできた。あれから一度か二度帰ったことはあったが、ケンちゃんやクニトシととびまわり、夜半、どこまで走っても常に顔の横にある月とおいかけっこをした、ここにいたときとまったくおなじかさなりあった破風の光景に、胸をつかれた。ここには小学校三年の学芸会の練習をそのままにしてのこしてきた子供時代が、まるごと手つかずでのこされていたのである。バイクの速度をゆるめておそるおそるナツメの大樹が家角にそそり立つ中宿《なかじゅく》の生家にむかった。

ナツメに接して道路ぞいに玄関があり、左手が街道にそって外塀のない奥ゆきのせまい前庭になっている。バイクにまたがったまま、縁側に近づいた。縁側にそって雨戸がながく閉ててあり、隙間から家のなかの光がもれている。借家人が住んでいるはずであるが、人の声や物音はせず、なかはしんとしている。

今夜、越えてきた都県境の峠をはさんで西側の相模には男の兄弟が、東側の武蔵には女の姉妹が住んでいた。兄は姉と一緒になって相模の家を継ぎ、弟は妹と一緒になって武蔵の家を継いだ。武蔵の都市で織物屋を継いだ弟夫婦には子供ができなかった。織物屋はのちに、ほかに広くもっていた土地で製材所になった。葵が四つのとき、帰宅したばかりの父親が外出着のまま末っ子のところにいそいそとあゆみよってくると、

「こんどお母ちゃんに赤んぼうができるが、おまえは弟か妹かどっちがいい？」

ときいた。

「どっちがいい？」

と父はくりかえしたが、葵は考えこんだままよくわからなかった。

ほどなく女の子が生まれたが、その子は都県境の東側の製材所にもらわれていった。

産後の肥立ちのため、母はよく玄関に接した杉の柾目の板壁によりかかって縁側で日向ぼっこをしていた。庭であそんでいると、よくよばれた。

「まもる、こっちにきてお母ちゃんのおっぱいをすってちょうだい」

ふたえの目が大きく、鼻がたかい母が浴衣の襟口をくつろげると、乳房がでた。乳頭

は桑の実のような赤みがかった濃いいろをして、ふくむと口いっぱいの大きさである。葵は生まれたときにお乳をいただき、四つになって妹がいただくべきであったお乳をもう一度いただいた。幼いものはおっぱいというものは、口にふくみさえすれば、水道の蛇口をひねったようにたちどころにあまいものが口いっぱいあふれるものばかりとおもいこんでいたが、いくら力をこめてすっても、なかなかあまいものがでてこないのである。

そのとき、母がしどけなくよりかかっていた杉の板壁がそっくりそのまま眼前にあった。太陽に灼かれ、風雪にあらわれ、むかしと同じように乾ききって日向くさいにおいがする杉の柾目の板壁が、柾目にそってざらざらしているところが裏庭からとってきた栗のシブを母と一緒に剝《む》くのにちょうどよかった、幼年期の感触のままにそこにあった。

その母はといえば、この冷えこんでいる冬の夜、ちょうど今、湯殿にとなりあった板敷きの厨《くりや》で湯気をもうもうとあげながら晩ごはんの準備のまっ最中だった！

いとまごいはすんだ。

さらに無人の国道をしばらく行くと、山の端のゆるやかにカーブした国道ぞいで道路工事をしているひとびとの一群にであった。日常生活の感覚がどこかにふきとんでしまっていたので、はるばるやってきた暗黒の街道でいきなり出会ったそれらのひとびとは、この濃密な夜から人間の形をしたものがしたたり落ちて、そこらを所在なく掘りかえしているようにも見える。

そのさきでどこかの蜃気楼のような田舎町につく。時間は不明である。目についたパチンコ屋に入る。客の姿はぽつりぽつり、玉を買ってはじいてみたが、すこしもおもしろくない。背中のあたりが氷板をおしつけたように寒い。ふりかえって閑散とした通路をながめると、黄色いモヤのようなものがあたりにただよって、こちらのほうにゆれながらやってくる。そのモヤにおいたてられるようにそこをでると、くすり屋をさがして入った。店番をしていた着物に割烹着の老婆にためらうことなく「睡眠薬をください」というと、老婆は無言のままアルミ箔にくるんだ束を出したので、意外におもいながらも無言でそれをうけとった。睡眠薬というものはトランキライザーみたいに小瓶にでも入っているとおもっていたのである。

それから店壁の白ペンキがほこりと雨だれですすけたような路傍の喫茶店に入った。客はだれもいなかった。しめやかに暗い店のすみのストーブのそばのやわらかい椅子に腰をかけて、小さなガラス窓のなかで燃えている蒼白い炎をじっと見つめながら両手をかざしているうちに、だんだん自分をとりもどしてきた。ホットミルクを注文した。

背後のレジが置いてあるところに、丈の長い白っぽいドレスのようなスカートをはいた女性が立っていた。うすくらがりのなかで髪をショートにした顔をはっきりとみたわけではないが、ものごしの落ちついたようすから、美しい女性のような印象をうける。だんなさんらしい男がなかから出てきて、「もう閉めようか」などと小声で言葉を交わしている。葵はまだ女を知らなかった。おんなのやわらかい肌に一度もふれたことがない。鼻先に濃密なホットミルクの匂いがただよって、練乳《れんにゅう》をとかしたようにねっとりとあまいミルクを口にふくみながら、生活への誘惑が胸をかすめた。これまで吃音におびえてくらした牢獄から解放されて、この田舎町で新聞配達みたいな仕事でも見つけ、こちらで新しい生活でもはじめられないだろうか。武蔵野の学校などやめて、しばらくして落ちついたら、家に手紙を書くことにしよう。

それはマッチを点《とも》したような須臾《しゅゆ》の希望に似ていた。だが、ズボンのポケットではアルミ箔がかさこそ鳴って、まだ夜の果てへの旅は終わっていなかった。ホットミルクをもう一杯たのんだ。

ホットミルク二杯分の料金には多すぎる金を払って店をでた。男の店主は歓声をあげて客に礼をのべた。あたたかい店内からさむい外に出て、ここまで凍てつく夜を一心不乱につきやぶって遠路はるばるやってきた来しかたをふりかえり、そうして、これから行くすえのぽつりぽつりと街灯がともされている無人の甲州街道を遠望しながら、甲斐の見ずしらずの田舎町の夜ふけの孤独が身にしみた。

しばらく走ると、町はずれのさびしい路傍に一軒のタバコ屋の戸口から光がさしているのが見えた。葵はバイクをとめてその戸口をくぐった。中はせまい土間になり、その場で売場のタバコケースから自分でえらんだタバコの封を切って口にくわえると、ケースのよこに置いてあった徳用マッチで火をつけた。土間につづいて敷居の戸をあけはなしたまま、それほど広くはない座敷になっている。ふるだたみに天井の電灯が黄色く映えて、ひとりのあかい顔をした禿頭の老人が彫りつけたような笑顔で炬燵《こたつ》にあたっていた。そのほのぼのとあたたかそうな光景に、葵は自制心をうしなった。タバコをすて、ことわりもなく土間に靴をぬぎすてると、

「こたつにあたらせてください。さむくて、さむくて……」

とつぶやくようにいって畳のうえをよつんばいに膝行した。寒いというのではない。からだのいたるところを寒気の鋭利な刃物でずたずたに切りつけられて、痛いのである。この激甚の痛みに葵は耐えかねた。おそろしくぬるい炬燵にたどりついて掛布団にあご

をうずめるようにして暖をむさぼっていると、廊下を足音高く近づいてくるものがある。おそらくこの家の主人だった。寝衣のうえに褞袍《どてら》をまとった中年男は深夜の見知らぬ闖入者にするどい視線をむけた。

「炬燵なんかにあたってなにをしてるんですか？　タバコを買いにきたのなら、タバコをもって帰ればいいじゃないですか。さあ、早く出てゆきなさい！」

抗弁の余地はなかった。葵はぜひもなく炬燵から追いたてられたが、畳にいかめしい顔で立ちつくしている主人の面前で、上がり框に腰を下ろして土間にぬぎすてた靴を爪先で引きよせてはくことがなかなかできない。寒さよけとおもって車上で濫用してきたトランキライザーが、いつのまにか葵を泥酔させていたのである。よろよろと靴下のまま土間に下りて、身をかがめてようやく靴を履くことができた。酔っぱらいどうようにふらついて土間をでた背後で、ひき戸がぴしゃりと音高く閉められた。

しかし、つかの間の偸安は魔法のようにからだの痛みをやわらげてくれた。

今夜、これで何度目になるのかわからないセルモーターでエンジンを始動させたバイクにまたがり、しばらくいったところでとめた。家を出奔したときにガソリンスタンドで満タンにした燃料がつきてしまったかもしれないし、寒さの激痛にたえてきた疲労が極限まできていただろう。バイクを路傍の崖にすてて、道路わきの土手の坂みちをのぼって見知らぬ山に入っていった。

そのとき、ひと気のない街道にともされた街路灯のぼんやりした円光のなかを、雪がちらりほらりと舞い降りてきたのが見えたのである。

「ああ、雪なのか。雪がふってきた」

雪は葵のゆく手を案内するかのように先へ先へとほのぼのと降り、足もとに小さな粒となって白くころげた。そのときはもうふしぎと寒さは感じなかった。

やがて傾斜面の道なき道を這うようにのぼっていった。その最後の行動をささえていたのは、自殺に思いいたったときから、あたかも神隠しにあったように忽然とこの地上から姿を消してしまうこと、どこにもいなかったかのように跡かたもなく消えてしまいたいという希望であった。

藪を這い、もうこの辺でいい、登攀《とうはん》をやめると、ズボンのポケットから買ってきたばかりの睡眠薬を出して、アルミ箔をやぶって一粒ずつ口にふくんだ。命を絶つという明確な意思はなく、それは冬の夜の旅のおわりをつげる儀式のようなものだった。だから、少しも悲しくはない。すこしも悲しくはないけれども、しきりに涙がでてくる。しきりにでてきて頬をつたわっていったが、その涙はほのぼのとあたたかくてずいぶん気持がいいのである。

翌日、冬のしんとした見事な蒼穹のもと、昨夜、山の斜面につっ伏したままのすがたで左の横顔に燦爛《さんらん》とした太陽をあびて葵はめざめた。

ジャンパーの襟口あたりに猛烈にすっぱいような吐瀉物の臭気がした。寝ているあいだに、家をでてから腹におさめたものはことごとく吐いてしまったらしかった。

甲斐への黄泉路《よみじ》の旅から生還してきた。

山での二日目の晩、一本のふとい杉の根もとによりかかって死のおとずれをまちながら、家からもってきたピンクの皮ケースに入った姉のトランジスタラジオを聞いていたのである。なんでそんなものをもってきたのかわからない。あたりはとっぷり日が暮れ、NHKの六時の『子供ニュース』がはじまった。奈良では小学校一年生が珠算の一級に合格したとか、熊本でライチョウの産卵に成功したとか、苫小牧でマラソン大会がおこなわれたとか、日本全国、津々浦々の小中学校の子供たちのニュースをつたえるのである。午後六時の時報とともに『子供ニュース』のテーマミュージックが山のなかにこぼれたとき、葵は驚愕にうたれた。それは湖のほとりできいていたものとまったくおなじだったからである。

炬燵にあたって棚のうえのラジオに耳をかたむけながら、子供たちは晩ごはんができるのをまっている。居間から離れた厨では、母が湯気をもうもうとあげながら晩ごはんの準備の真っ最中である。その割烹着すがたの母に、ついさっき、会ってきたばかりだった！　瞬間、ふらちな論理を組みあげていた。「死ぬ前に」もう一度だけでいいから、その母に会ってみたい。ひと目でいいから、その真っ白い割烹着の母に会ってみたかった。それから死んだっていいはずだ。そうして、昨夜、偶然、ここに逢着した山のさらに奥ふかく入った一本の杉の根かたから、はてしない暗黒の闇にのまれた、どこに自分がいるのかわからない死の山を脱出するという、およそ絶望的な行為に立ちあがったのだった。

第八章

新世界の発見

生還してきたが、どもりに名を借りた精神との格闘はやむことはなかった。

たまたま手にした本に、断食の効用としてどもりの矯正というのがあった。食を断つことが、なぜこころのそこにつき刺さった杭をぬくことができるのか。肉体と精神をめぐるはなはだ難解な数式になやまされていた葵は、その効能書きに興味をひかれ、即実行した。

最初、湘南のほうの辻堂の断食道場でおこなうつもりでいたが、連絡上のゆきちがいがあって自宅ですることになった。高校三年の夏休みである。まわりの反対をおしきって自己流で行った一週間ばかりの断食は、どもりが治癒されるという魔法のような効果にかんしては不分明であったけれども、しかし、おおきな効果をもたらした。

脳髄の熱っぽいにごりがうせて、首のつけねの後頭部のあたりがゾクゾクするような感覚をともなって、たえずきらきらとすきとおったみずが潺湲《せんかん》とながれているかのような自覚をもたらした。その結果したものが、だれともあらそわない、机のまえにただひとりいることの、しずかな、みたされた、爽快な居心地のよさだった。

この地点が、葵の生命の原点である。この持場からはなれてはならない。あやまると、ごろつきじみたタチの悪い人間にからまれたような、およそ浅薄愚劣な苦悩に浅薄愚劣にふりまわされるだけである。葵の人生の過半は、そのような空疎な悩みをさんざんなやんできただけだったということができる。

毎日は炊きたてのめしのように新鮮で、知識は乾いた砂に水をぶちまけるように吸収され、そのあまりの容易さにおどろき、あやしみながら毎日の至福の日課によねんがなかった。机のまえが居心地よくてならず、いつまでもすわっていて飽かなかった。つらつらふりかえって、極度に感じやすく、内気で、臆病きわまりない子供だったけれども、過去、葵がおろかだったためしはなかった。母親は家の仕事があって教育ママ的な要素はとぼしく、家庭で学校の勉強をすすんでするようなことはなかったけれども、たいていの場合、葵はだれにも劣るようなことはなかった。

長い道程のはてに少々荒っぽい療治をへて、葵は小学校のときにみまわれた悲しい自己認識ではなく、もっと広大無辺な自分というものにめざめ、自分の真に生きられる場所を発見したのである。肉体の世界からしめだしをくった人間が生きられる場所、そこは精神の世界だった。

学校がおわる。十七歳をさかいに一人の少年が、肉体の世界から精神の世界へと決定的に変貌をとげたのである。バス停があるにぎやかな正門の表通りを避けて、赤いとんがり屋根の武道場がある学校の裏門からでる。通りをはさんだすぐ南側が農工系の国立大学になっているので、秀才にはちがいないだろうが、ずいぶん老けこんで見える大学生とふいに出くわすようなことがある。大学生は、一瞬、ギョッとおどろく顔をする。それから、ＪＲの駅まで武蔵国分寺跡だの、平安神社、殿ヶ谷戸公園などが散在している武蔵野の田園地帯をひとりでぽつりぽつりとあるいてゆく。はなしあう友だちもなく、まったくの単独行だったが、まったくさびしくはなかった。それどころかおもいがさまざまにめぐらされ、のちに知った『西行物語』というふるい時代の絵巻物では、

玉にぬく露はこぼれてむさし野の草の葉むすぶ秋の初風

とよんだ西行が武蔵野の広袤《こうぼう》の奥で読経三昧の老僧に邂逅したとあるが、その庵はどこにあったのだろうか。そんな自然のなかを気ままに散策しながら、これから家に帰って古文の参考書をひらくことにおもいをめぐらす。身体的五感の作用によって現前している世界だけがすべてではない。これまでにくみ、忌避し、遠ざけてきた、言葉の世界、精神の世界というものが厳然として存在しているのである。「ランボーだって？　肉体とは、枝にたわわにみのった果実だって？　浪費すべき宝ものだって？　そんなものはいいかげんな嘘っぱちだ！　地上にしがみついている動物かチンピラども、あいつら、生か死の崖っぷちまでおいつめられたことがないあほうどもがしがみついているだけだ」

その新世界の発見にも比すべきめざましい世界を、十七歳の葵は自力で発見したのであった。玄関よこの階段からあがって、そのつきあたりの物置小屋のようにせまい勉強部屋が、再生されたかがやかしい生命の砦だった。

頭は異様なほど澄みきっていた。

夜、となりの部屋のふとんに入って枕に頭をおとすと、朝、駅に行く道すがらすれちがった通行人たちの表情からはじまって、その日一日、武蔵野のほぼ真ん中にある学校や週二回の都心の予備校ですごした光景がおどろくほど鮮明なイメージになってまぶたの裏をすぎてゆくのである。そうして、健康的なふかい眠りはとたんにやってくる。

そのとき、さかんに夢想したことは、中学のときバスケット部の友だちとよくあそびに行った市内の川の光景である。橋のすこし先の川辺に、一本の胡桃の木が生えていた。季節のころ、それには青い梅のような実が鈴なりになる。それを袋いっぱいにつめて自転車の荷台にのせてきたことがあった。またそのときように胡桃の実をとってきて土に埋めておこう。その殻《から》を割って天然の種子を食べたら、いかにからだや脳に自然のままの新鮮な息吹が浸透してくるか想像がつかないほどだ。

川の少し手前に切通しの土地がある。その上に小さな畑があって、川遊びのかえりに赤く熟れたトマトを見つけて、ちょっと失敬して、おもいきり頬張った美味をわすれることができない。ヘタの本物のトマトの強烈な香りをわすれることができない。あれとおなじトマトにありつくことができたら、いくら金をはらってもいいくらいだ。

葵の半生で、このときほど宗教にも似た浄福感でみたされた人生との至福の蜜月期というものをしらない。おりしも、大学受験のシーズンだった。極度に自尊心のつよい少年は、アドラーの劣化補償説ではないけれども、はなはだしいマイナス点しかつかない自己を肯定するべき存在証明をうることを渇望し、焦燥した。中学一年から高校二年まで暴力とスポーツの肉体の世界にかまけて、精神をかえりみなかった空白の数年間があったので、それを早期にとりもどして受験の第一線にとびださなければならなかった。

この時、葵は小学校時代をよくおもいおこした。優等生たちはあらいたてのハンカチのような晴朗な顔を世界にむけていたが、ことばに対する負目と不安でいつも胸がふさがれている小心な子供にとって、勉強ができる、成績がよいということはどこか気恥ずかしいようなことであって、みじめな教室で自分をささえてくれる力づよいほこりになったり、自分をはげまし勇気づける契機にはすこしもならなかったけれども、今はだれにも気がねすることもなく思う存分にその上に自分の旗幟《きし》をあきらかにしてもいいのだ。

不可能なものはなにもなかった。

ほどなく武蔵野の私立高校を卒業したが、教室にそっぽをむいていた期間があったので、志望大学へのストレートの現役合格はむずかしく、ときあたかも十八歳、大学受験浪人一年目に入っていた。

葵はしあわせだった。緑が丘の山上からバスケット部の部員たちと満天の星空に北斗七星を遠望したときとおなじか、それ以上にしあわせだった。咽喉もとに刃をつきつけられて、おまえのようなものが生きていてもいいのかとおびやかされていた少年が、いやそれ以前から世界から爪はじきにされて途方にくれてばかりいた子供が、現実社会にそれこそ正真正銘の自分の居場所をえて、ただひたすら幸せだった。こうした生活のずうっと延長線上に将来の自分の生活が横たわっているにちがいないと夢想するのは、無理もないことだったが、この青春期、自分というものをおもう存分にためしてみたかったのだ。思いのたけ、力のかぎりこの自分が精神の世界で生きることができる、そういう人間になれるかどうか、そういう能力があるのかどうかためしてみたかったのだ。

それが、とどのつまり葵がこの人生にのぞむすべてであるといってよい。

第九章

酷薄な運命

そのとき、従姉の美沙《みさ》の下宿がはじまったのである。

なぜほかのときではなく、そのときだったのか、そのときでなければならなかったのか、いくら考えてもわからない。それは運命というものであった、としかいいようがない。運命が人生のドアをたたいたのである。そうして、おそらく美沙はここ以外に横浜へ嫁ぐための家がなかったのだ。それはなき母がみちびいたことかもしれなかった。

その一年前に、葵がはじめて自宅で一週間の断食をした夏休みに、西風をつかさどるといわれるギリシャ神話のゼフィロスによってか、西のほうからさわやかな風がわたってきたのだった。本籍のある岩手から霞が関本省の辞令をうけて、とおい広島で国の公務員として働いていた美沙が、夏の軽やかなワンピースのスカートのよそおいではるばる関東の首都圏の西郊にある葵の家に訪ねてきたのである。見たところ、かねて話に聞いていた前頭部の火傷によるケロイド痕はおろか、暗い印象はなく、大きな目に母方の血筋である美しい白い肌がさえて、どこかゆったりした東北弁の地肌がありながら、語尾に「……なンよ」と撥音便を多用する広島なまりのたかくすんだこえが印象的なあかるい女性だった。

そもそも葵は、ながいあいだ、自分がすむところからは遠い東北にすんでいる従姉の存在に、まったく無関心だった。岩手に従兄と従姉がいると話にきくことはあったが、意識の遠いそとにあった。

このふたりは、おさないころ、葵が幼年時代をすごしたみずうみのほとりの家で暮らしていたことがあった。そのとき、まだ赤んぼうであった美沙は囲炉裏にころげおちて、頭部にやけどをおった。

これにはわけがある。

昭和十九年の夏、中国人の捕虜も働いていた信州天龍村の天龍峡平岡ダムの工事現場で、帳簿をつける仕事をしていた岩手の二十八歳の青年がアユの釣りをしていたところ、背後からころがりおちてきた岩にあたって川に転落して死んだ。

その直前、家財道具のいっさいが岩手の青年の家ではなく、妻の相模のみずうみのほとりの実家へおくられていた。青年は家族をつれて工事現場から出るつもりでいたのである。いわゆるタコ部屋からの足ぬけだったのか、それとも夫婦の自由意思によるものか、その理由は不明である。戦争中ではあったが、なぜ岩手の農家の青年が妻子を連れて長野県のふかい渓谷の工事現場で働いていたのか、これもよくわからないところがある。国じゅうから食糧が払底していたとき、農家であるということはそれだけで世間からうらやましがられることではなかったのか。妻は没落したとはいっても、相模の旧家の娘である。独学で看護師の資格をとって東京の病院ではたらいていたところ、入院してきた岩手の青年とむすばれた。独立心のつよい女性だったのかもしれない。食事時、嫁は畳の間にあがることはゆるされず、板の間の箱膳《はこぜん》で箸を使わなければならないというような東北のふるい家族制度になれないところがあったのか。亭主が死んだあと、妻は二度と岩手に帰ることがなく、亭主の死んだ六年後に、そのあとを追うように三十四歳の若さで亡くなった。なぜふたたび婚家先に帰ることがなかったのか、あるいは帰ることができなかったのか。おさない子供ふたりはしばらく母親とともに北相模の母親の実家にすんでいたが、岩手の父親の血筋のもとにひきとられ、そこでそだった。

この従姉とはじめて会ったのが、葵がちょうど人生の激変期をむかえて断食をした高校三年の夏休みのことだった。ちょうど銭湯に隣接して同一敷地内にあたらしく家を建てたばかりだった。その新居にひょっこりたずねてきたのである。

美沙は二、三日して広島に帰っていった。遠国の血のつながるものとの交流は、どこかにあわいこころの余韻をのこしてこの程度でじゅうぶんすぎるほどなのだ。

しかし、それからさらに一年後、突然、広島の美沙から手紙がとどいたのである。はじめて東京の親戚の家をおとずれた帰りの列車で横浜の大学生と知りあい、文通をかさねているうちにしだいに結婚というものがあぶりだされてきたのである。しいては将来の結婚問題もかんがえたうえで東京に転勤するので、下宿をおねがいしたいというものである。父親はちかくに住む製材所の叔父のところに相談に行った。

叔父は一言のもとに、美沙の無謀をなじった。「あいてはまだ学生ではないか。たった一度列車で会ったにすぎない男とたかだか一年間の文通をしたくらいで、広島から東京に出てきて結婚するんだと？」それは天龍峡へ亭主をつれだした母親ゆずりの暴挙となじられてもしかたのないものだった。父親はこまりはてた表情をうかべていた。ひとはそれぞれ外からはうかがいしれない事情がある。深慮をこらして拒絶する選択肢もあったはずである。そうすれば、もうすこし結婚の機が熟したかもしれない。

岩手の青年の遺体が天龍川からあがったとき、妹からの電報で天龍峡に行ったのはこのふたりの兄である。電文に「キトク」の文字のあと、兄さんふたりでくるように、とあったからである。

遺族が現地についたその晩、飯場で飼っていた鶏を殺して遠路の客をもてなした。けっして気持のいいものではなかった、とあとで葵は、苦虫をかみつぶしながらはなす父親からきいたことがある。

「山奥のあたりになんにもない、そりゃ身の毛のよだつようなおそろしいところで、よりによって川からほとけさんがあがったすぐそばで、平気な顔して鶏を殺しているんだ」

そのなかに一人、あるいは数人、青年の背後から岩をころがり落とした人間がいたかもしれない。

そして、悲しみにくれる母親の足もとにはおさない美沙兄妹がいた。

とまれ、一キロ先の十センチ四方の標的を射抜くことができる高性能ライフル銃のスコープの標準をぴたりとあわせたような、まさにその時、その場所という特定の時空をめぐる従姉の下宿という出来事には、その神がかりじみた偶然にただ舌をまいて驚嘆するいがいにないであろう。なぜこの絶妙のタイミングであったのか。たった一年か二年、ほんの少し時間がずれてくれさえしたら……。

ひととおり受験がすんで、志望がまがりなりにもかなえられて、社会や国家というものに興味をおぼえだしていた受験時代に夢みていたように、ヨーロッパの近代思想を勉強したいと思っているものとして、次のステップはどうするか。もし、そのときに美沙の下宿がはじまったとしたら。そのように精神の世界にめざめた人間としての、最低限の社会的な基礎さえできていたら。志望する大学に首尾よくうかってさえいたら。ほんのわずか、たった一年でもいい、ほんのすこしだけ時間がずれてくれることができなかったのか。

葵のなかの生命の芽がさらに具体性をおびて育ち、堅固に大地に根をはって、少々のことではなえることも枯れることもなく、容赦のない風雨に対して独立不羈の強靭な生命力をそなえたところではなく、この人間を断じて生かしてはならないとするかのように、生命の芽それじたいがまだ育つかどうかわからない、まさにそのとき、その軟弱きわまりないときになぜはじまったのか。

そうして以後、三年間にわたって美沙の下宿はつづいた。この期間というものがまた絶妙をきわめ、葵のなかにようやくめばえかかってきたささやかな生命の芽を、これでもかこれでもかとふみにじって枯らすには必要にして十分であった。下宿の目的さえ達してしまえば、あとは無常なときのながれるまま、疎遠で、無関心な、音信不通状態になってしまうのは目に見えているのであるから、たった一年でもいい、そのようにほんのすこしだけ時間がずれてくれることはできなかったのか。

いずれも生死のかかった肉体の荒事をへて、急速に精神の世界にめざめた少年にとって、時間は純金のインゴットかダイヤモンドのように貴重だった。ことに十八歳になって大学受験浪人一年目の極度に時間がかぎられ、切迫したこのとき、さらに、二十歳前後のその人間の基礎の基礎、その人生の基礎の基礎をつくる三年間というものは、その一時間が数日に、一日が数カ月に、一カ月が数年に、一年間がゆうに他の時期の十年間に匹敵するといっても過言ではなかったであろう。そのように、この時期、葵のような人間はたえずごつごつ勉強していなければならなかったはずである。それがかれのような人間関係の欠落したものにとって、狭隘な主観の世界をつらぬいて広大な客観の世界へと、ひとりきりの個人からもっとひろいひとびとの社会へといたるたったひとつの道であり、また、そういうふうにしか生きようがなかったのである。

美沙は、なぜ葵が机のまえに坐っているのか、その経緯を知らない。葵の自分へとむけた耐えがたい恥ずかしさを知らない。その恥ずかしさが自分の家というものと相関し、この家とそして家族の恥ずかしさであるということを知らない。

家とはなにか。そこには個人などというものはいない。伝統的に木と紙と泥でできた家のなかでは、長年なれしたしんだ家族全員がぜひもなく一個の意識を共有した、一心同体の存在であって、それが一単位の個人だったのである。

ながいあいだ、葵は自分の家というものが恥ずかしくてならなかった。世間なみの家族どうしのしたしい会話、家族のだんらんというものが極端にとぼしかった。というよりそんなものははじめからなかった。幼年時代、家族でどこかへあそびにいったなどという思いでは皆無にちかく、犬の仔のように子供どうし無邪気にじゃれあってあそんだということがない。家族はどこかの無人島にでもたどりついた難破船の遭難者じみてめいめいがむずかしい顔をしてむっつり黙りこくっているばかりで、家庭というやすらぎの場所で、ごく例外的な場合をのぞいて、おたがい家族らしく親密に口をきいたり、なかよくむつみあったりすることがない。

小学校三年の学芸会のピンチのときも、田舎のたいして大きいわけでもないおなじ学校にすくなくとも姉はいたはずである。風邪をひいて寝こんでしまったときも、ふたりの兄、すぐうえの姉となにか言葉を交わした記憶がない。葵にはこの世に兄姉というものはいないかのように、ただひとりで不安とたたかっていた。

大学に入る直前まで、葵は父親とまともに口をきいたことがなかった。まともに顔をあわせたことすらない。

母親とは高校に入った頃になんとか話ができるようになった。かろうじて母や次兄をのぞいて、長兄や姉とはいまだに満足に口がきけない。気持が硬直して、はなす言葉が自然に口をついてでてくるということがない。

そこへまったく意識を共有しない従姉が入ってきたのである。自分のこころの恥部は家の恥部とわかちがたく相関し、自分に対する恥ずかしさは家に対する恥ずかしさ、めいめいの家族に対する恥ずかしさにほかならなかった。

美沙の下宿がはじまったばかりのころ、自室の机でうたた寝してしまった葵が目をさますと、部屋のガラス戸をあけて夕食のおぼんをかかえた従姉が立っていた。

「いつもここで食べるの」

とやさしくききながら、おぼんを机に置いた従姉に葵はあいまいに笑ってなにもこたえなかったが、前途にひかえている暗澹《あんたん》たるものが胸にせまってくるのであった。このせまい勉強部屋で食事をすることはない。そもそも葵は、辻堂の断食道場でもらった二木謙三のパンフレットにしたがって、玄米や海藻、野菜を主体にして、白米は口にしない。なぜなら、その食餌法《しょくじほう》が断食後の体調管理には欠かせないからだ。いつも後脳あたりでさわやかな水がながれているような感覚が必要だからだ。その質素で規律ただしい僧堂の修行僧のような生活が精神の世界をひらき、今の自分をつくりあげてくれたのである。

おぼんには、茶碗に白米、汁、小皿の魚の煮つけ、ほうれん草のおひたしなどがオママゴトのようにのっていた。従姉に気がねをしてまかなってもらったものをそこでたべざるをえない不自由をしのぶことは神経にさわる。家のなかでこれまでとはちがった人間の存在を意識せざるをえない抑圧的な生活は、まるで孫悟空の額の鉄のキンコジのように葵の過敏なあたまに窮屈な枷《かせ》をかけ、神経のにごりの毒素をまきちらす。

もし従姉の滞在が一カ月か二カ月の限定されたものだったら、その間だけしのべばすむことだ。そうして、今まで会ったこともない遠国の従姉との交流というようなものは、およそそんな程度で十分すぎるくらいなのである。

ところで、最初のころ、母親を経由して葵の耳に入ってくる自らのうわさは好意的なものばかりだった。従姉のよく知る東北のほうの有名な進学校の生徒よりも予備校のテストの成績が上なので尊敬しているとか、兄弟でいちばんいい男であるとか、恋人もいない未経験な十代の少年にとっては、めいめいがだまりこくってばかりいる殺伐とした家がこれまでとはうってかわったはなやかな色彩でいろどられたかのような、新しい家庭内のふんいきにわれしらず胸をときめかせてもむりからぬところがあったかもしれない。

そして美沙は、末弟にしたしく声をかけてきた。勉強のやすみ時間などに長兄とめいめい寡黙にコタツに入っていると、銭湯の脱衣場の片づけでもしてきたのか、廊下から居間へ入ってきた美沙はたったいままで自分がはおっていた羽織をすばやくぬいで、

「まもるさん、さむいよ」

と葵の肩にかけてかれの目をじっと見つめる。下着のすぐうえにVネックのセーターを着ている首筋をいままで美沙の肌にあたっていた羽織のかろやかな絹のえりがかすめ、見上げる眼前には、成熟したおんなの腰の線をあらわにしたタイトスカートから、まるで果実のように白いふたつの膝小僧がむきだしになっている。

「部屋の本、見せてくれる」とつづけていう。

「じゃ、おれも行こう」

と葵も背後の長兄の視線を意識しながら美沙のあとをおって階段をあがってゆく。その突端にあるのが、葵の勉強部屋である。壁一面の本棚には、この年ごろの少年にはおおすぎるほどの書物があふれていた。従姉はなぜ葵が机のまえにすわっているのか、その経緯をしらない。吃音になやまされて死まで決意した、ついきのうまでの内心の地獄をしらない。ほんの幼時のころから不安に虫くわれた、ただのこころの劣等生でしかなかった本質をしらない。内心の奥底によこたわっている世界から忌避され、忌避している意識をしらない。

美沙は姉の部屋を共同でつかっていた。勉強をしていると、ふたりで話しあっている楽しげな声が葵の部屋まできこえてくる。しかし、葵は姉の部屋に入ってゆけない。入っていって、三人で談笑するということができない。今まで姉とのあいだでそんなことは一度もなかったからである。姉弟関係は幼年時からのながいこころのつみかさねがある。子供のころ一緒にどろんこになって遊んだ経験も記憶もない。おなじ家のたった三年を前後にしてこの世に生まれてきた子供なのだから、食事のとき、風呂に入るとき、寝るとき、あそぶとき、家のなかで、家のそとで、庭で、確かにすぐそばにいたはずなのに、まるでどこにもいなかったかのように印象にない。まったく記憶がない。その三歳年上の女性が自分の姉というもので、だから姉弟らしくなかよくしろといわれても、その具体的な手がかりがつかめない。姉の前に出ても、TVで見たホームドラマふうにただ空疎にこわばったこころをもてあましたまま、意識ばかりをめぐらせて口をつぐんでいることしかできない。だから美沙もいる姉の部屋に入ってゆけない。従姉をまじえて姉弟で談笑する、どこの家庭でもあたりまえにころがっているそんなありふれた風景というものがここにはない。

長兄についてもそうである。子供のころから、長兄は父親そっくりに年少のものたちに威ばりちらすことを自分の当然の権利だと思っていたようなところがあった。ちいさな弟たちを自分の使用人のようにどなりとばしてこきつかう。弟たちに自分の圧倒的な存在を見せつける。それが葵の自殺未遂以後、がらりと変わって猫なで声で傷口にでもふれるようになった。長兄にいくらやさしくされても、葵はのびのびとした自由な気持になることができない。長兄と末弟という身分ちがいから奴隷のようにこき使われ、父親が葵のために買ってきた子供用自転車をかれが一度ものらないまえに壊され、なにかにつけて下等な動物のようにののしられた記憶は簡単にはわすれることができないからだ。長兄のにわかなこころがわりに意識をただよわせながら口をつぐんでいるだけである。長兄は蛇年である。葵はしばしばこの人間をヘビようにきらった。

この意識なのだ。

この意識がこの家じゅうに言葉にかわってただよっているのである。この家のいたるところ、玄関、廊下、床、襖《ふすま》、鴨井《かもい》、畳、そこらじゅうの空気にとけて自分の意識とからみつき、自分の内部の恥辱と相関し、自分の恥であると同時にこの家の恥、この家のひとびとの恥に緊密につながっていた。

この家の一員になるためには、おなじ家にうまれて一緒にそだつながい時間が必要だったにちがいない。なかんずく、みずうみのほとりの没落した旧家の陰惨なまでに暗くてだだっ広い家で、ところどころわたのとびだしたボロ布団にすて猫のようにうちすてられ、夜ごと、おそろしい暴風雨じみた父親の酒乱の暴圧に、ちっぽけな胸をふるわせてねむる必要があったであろう。しんしんと夜がふけたころ、玄関の土間のほうから嵐の気配がちかづいてくる。それはとても人のわざとはおもわれない。人間をこえた自然の猛威にもにている。襖の隙間からもれた隣室の電燈は難破船のようにぐらぐらゆれ、畳の床はどしんばたんとしずみ、障子戸はめりめりときしむ。その間、獣の咆哮はやむことがなく、悲鳴じみた母親の声がまじる。耳をいくらおさえても、心臓の縮むおそろしい音は鼓膜をふるわせる。葵はとなりに寝ている次兄の欣央と胸をぴったりとあわせてだきあっている。すると、どちらの胸の音ともしれない鼓動がいやに早くどきどきとつたわってくるのである。長兄や姉はどうしていたのだろう。やはり両手で耳をつよくおさえてただひとりでたえる以外になかったのであろう。

のどもとに刃をつきつけられて、おまえのようなものが生きていてもいいのかと脅かされていたのは、つい昨日のことだ。それになんらの変更を加える必要はない。原点はつねにそこにある。この自分の正体とは、ひとびとの社交クラブのように親密な輪の外側で怯懦と恥辱でぶるぶるふるえながら立往生し、自分の内界の不安にみあった外界の悲劇ばかりをこいねがう、孤独で、あたりまえの人間以下のなにか奇怪な生きものなのだ。

一度、葵は勉強部屋にあそびにきた美沙に、まさか甲斐への黄泉路《よみじ》の旅については吐露するわけにもいかず、意を決していったことがある。

「……おれはじつはどもりなんだよ。どもりでこれまで苦しんできた」

こころの深部にうもれていることをかろうじて告白したつもりだったが、

「どもってなんかいないじゃないの」

とあっけなく一蹴されてしまったのだった。

こんな生きものにもっともふさわしいふるまいときたら、いっさいを捨象した、端的で、直截な、肉体の発動くらいしかない。十二歳で詩を書きそこなった異物は、わずかな時間をぬすんで、ここにきて小説のようなものを書きだしていた。つまりそれはただの子供の妄想じみた性欲の変形物にすぎなかったが、がまんができずにそれをエサに勉強部屋にあそびにきた年上の世間いっぱしの厚生事務官を手くだにかけようとしたのであった。

「そこから先がおもしろくなるんだよ」

「まもるさん、もういいよ」

「もうちょっと読んでみて。それから、ねえ、おねがいがあるんだけれど……」

原稿用紙に鉛筆で書かれた稚拙な描写とせまい部屋で燃えている石油ストーブの放射する熱で、従姉の顔は異様にあかくなっていた。この女のあそこを見てみたい。こころのなかに恥部をかかえこんだ想像力過剰の少年は、成熟した美沙の果実みたいな膝小僧のおくにあるものを痛切にのぞいてみたかったのである。彼女の顔をじっと見つめたまま、葵は本題にせまった。

「みささんの『女』を見せてもらいたいんだ」

「…………」

従姉はおなじ場所に立ちつくしたままだった。そこで葵はなおもせまって、

「な、な、いいだろう。みささん、見るだけだから」

とたちあがると、従姉はなにかさけびながら部屋のガラス戸を開けてそとへとびだしていった。そうして階段をいきおいよく駈けおりていったのだった。葵はひとり茫然と部屋にとりのこされたまま、悔恨に苦しまされることもなかった。受験勉強の懈怠への寂寥とともに、とうとうやってしまったという犯罪者じみた快感がからだをかすめていた。あとで部屋のガラス戸に美沙の書いた紙片がさしこまれ、それにはなれなれしくしすぎた自分が悪かったと書かれてあったが、葵は自分でしでかしたことの意味がまるでわかっていなかった。

問題は翌日の都心の予備校でのことだった。自分とは一体なんなのだろう？ 広い世界に出てくれれば、恋人はおろか、女ともだち一人つくることもできない。それどころか相対比較の現実世界で体格がしだいに劣ってゆくにつれて、どもりの症状が亢進し、死病にとりつかれた病人からノミがいっぴきずつ去ってゆくように友だちが自分から一人ずつ離れていってしまったではないか。高三になったばかりのとき、課外授業でオリンピッ

クで水泳の競技場になった代々木の体育館に見学に行ったが、バスのなかでだれひとりとしてうそ寒い孤独がこころの根っこにくらいついている異物のとなりにすすんですわるものはいなかった。だれひとりよりついてこようとしない。自分が世界をさけ、世界から自分がさけられている。

そういう隔絶の意識などまるで知らず、そんなものどこふくかぜと、自由気ままにそこらをとんでいるハエがうらやましい。そういうハエにも劣る虫けらのしでかしたハレンチきわまりないことに慄然《りつぜん》と恐怖にかられたのである。

もう受験勉強などは手につかず、美沙にいかに謝罪するか、胸に去来することはそんなことばかりである。予備校にいる間じゅう、あれやこれやの従姉に謝罪する方法にこころをくだいた。朝から一日つぶしてなんとか物語風の結論に達し、それでもおそくなってから家に帰ってみると、家族の夕食はすんだところで従姉はちょうど台所のながし台にむかって食器のあらいものをしているところだった。葵は背後からあゆみよると、予備校で百まんだら反芻した謝罪の手法にのっとって、むしろあかるい態度を装って彼女の左肩を指でとんとんとたたいた。

「あの、じつはゆうべのことなんだけど……」

すると美沙は葵の指でふれられるのもいやそうに首をひねると、

「そんなこと、もうどうでもいいわよ」

とみじかくいいすてて、当然ではあろうが、ふてくされているだけなのである。肉体的な臆病者に堕していた葵よりなお小柄なからだつきや、田舎のおさんどんみたいにまるまるした肩のあたりの肉づき、下ぶくれの横顔のまるくてひくい鼻を見て、内心、葵は、

『なんだ、みささんてあんまりいい女でもないんだな』

とおもった。すると、今の今までこころをかきむしっていた悔恨がきれいさっぱりどこかにきえていってしまった。「なんだ、この女はちっとも綺麗じゃないんだな」

もう従姉は葵の部屋にあそびにこない。本を貸したままになっていたが、階段を上がった突端にある波型ガラスばりの勉強部屋のまえをすばやく隣室へすがたをくらましてゆく公務員らしい小心な所作に、これまで姉に対しておもったように、葵はこの女を階段のうえから蹴りおとしてやったら、さぞかし胸がせいせいするだろうとおもった。

それからほどなくしてのことである。十代で両親を亡くし、自家の没落のうきめにあった父親は、青年期からある仏教宗派の熱心な信者だったが、幼くして両親に死にわかれた姪に対して、信仰をすすめた。母親がなくなった精神病院はこの都市にあったし、父

親の関係している神奈川県の寺院の納骨堂には婚家先にもどれなかった母親の遺骨が分骨されておさめられていたのである。それに対して、岩手の田舎への手紙で美沙はこう書いた。

『伯父さんは熱心に信仰をすすめていますが、お世話になっている以上、反対することはできず、わたしは信じているふりだけしています』

その書きかけの手紙を、従姉が出勤したあとでたまたま同室の姉が見つけたのである。文面を見せられると、父親は怒って勤務先へ電話をかけてすぐに家にもどってくるようにいった。そのとき、たまたま葵も自宅にいた。

しばらくして美沙は都内のつとめさきから帰ってきた。玄関のドアが開いて階段を上がってくる音が聞こえたとき、葵は自室からでて腕に彼の貸した本をかかえている従姉を上のおどり場ででむかえた。

「その本、返してくれよ」

と葵は乱暴に従姉にいった。

「ああ、この本どうもありがとうね」

と彼女は礼をいって本をかえしたが、その顔にはよびもどされたことへの不審と不安で浸されていた。

仏間である二階八畳で伯父姪ふたりだけのひそやかな話しあいがはじまったが、勉強部屋でじっとしていることができなかった葵はことわりもなく部屋に入っていった。

かれは手にしていた従姉の書きかけの便箋をボール紙の台紙ごと両手でまるめて、

「なんでこんなことを書きやがったんだ！」

と部屋のすみへ美沙をおいつめて、彼女の顔が恐怖でゆがんだ瞬間、よけてねじった腹めがけてたたきつけた。これが過去、まだ相対的に人なみの肉体をもっていた葵の本領である。多いときで一週間に三回は喧嘩をしていた。血に飢えて、人をぶんなぐり、人を恐怖におとしいれ、人を傷つけてばかりいた。右こぶしの中指のつけ根の疵《きず》からは乾くいとまもなくたえず血がにじんでいた。相手の前歯で切ってしまうのである。これまでドモリをわらわれた復仇心は残忍きわまりなく、またそれは、外界の不安にふれてはじめて自分の不安から解かれてほっと息をつくことができる、葵の麻薬中毒じみたもので、正義派の少年たちにはその陰惨で醜悪な内心を見ぬかれ、今すぐにでも少年院に入れられてもいかなる弁解のよちもなかった暴力の発露だった。

あとで父親にともなわれて、勉強部屋の椅子にすわっている葵のところへ従姉がやってきた。

「まもるさん、ごめんなさい……」

と深く首をうなだれたままの従姉はきえいりそうな声でいった。泣いているらしかった。

「まもる、美沙もこういってるから、ゆるしてやれ。な、ゆるしてやれ」

と父親はいったが、かれはまるっきりなにもない内心をかかえこんだまま、黙っていることしかできないのである。「ゆるす? いったいなにを?」昂奮でふるえる指でタバコをふかしながら、発作じみた激情がさったあとで、いうべき言葉のひとかけらもない。

葵は父親の信仰ごときものは、どうでもよかった。敬遠すらしていただろう。こちらが生死の崖っぷちにたたされているときに、そういうときにかぎって留守か昼寝をしているような、そんなものはどうでもよかった。すでに失い、崩壊しかけている、美沙がここにくるまえの、おのれの生命を賭してかちえた机のまえのなにものにもかえがたい、宗教のごとき浄福の日々のために怒ったのである。あれらの真清水のようにこころが澄みきっていた至福の日々のために怒ったのである。つねに他人の監視のもとにあるこの家のたえがたい恥ずかしさのため、みずからのたえがたい恥ずかしさのために怒ったのである。

だがこまったことに、怒りがさめてしまったら、自分の中味は空っぽだ。なにもない。からっ風がふきつのっている頭蓋のなかにはからっぽの意識があるばかりである。じぶんは、ひとびとの輪の外側で怯懦《きょうだ》と恥辱でぶるぶるふるえながらぶざまに吃って立往生してきた人間以下の空無の存在だ。そして多かれ少なかれこの家の人間たちは類似したものを内心にかかえこんでいる。こころがゆがんだ、醜悪な、人間以下の空無の同類だ。しかし、美沙はそうではない。この家の完全な部外者だった。

このあと、どういうふうに従姉との関係をとりもつのか、内部がじんとマヒしたようになったまま、まったく見当がつかないのである。これにはこまりはてた。従姉の下宿がつづいた三年間というもの、葵はこまり、よわりはてていた。このおんなをびくびくとこわがり、この女のまえに完膚なくやぶれていたのは、いついかなるときでもかれのほうであった。葵にただひとつだけ必要だったものは、ひとになんとののしられようとも、自殺未遂と断食という苛烈な経験をしてかちえた、ただひとりでやすらかにしていられる生活だけだったのに……。

「なんだ、タバコなんか吸って」

と父親の不平は葵のほうへむきはじめた。

美沙《みさ》とは顔をあわせたくない。

内部が恥辱のゴミタメのようになっている自分の息をする音すらきかれたくない。しかし、そんなことは一軒の日本の家のなかでは不可能なのである。そこにはつねに従姉がいる。それはえんえんとはてしのない、出口不明の、気のとおくなるような幾何学模様のＭＡＺＥ（迷路）にも似ていた。葵のプライバシーをまもるためには、人間どもがよりつかないどこか地のそこのようなところで、ぶあつい岩石でおおわれた洞窟まがいのものが必要だったにちがいない。そのだれにも知られない奥底で自己内部の恥辱とむきあい、ようやくひっそりと安堵の息をつくことができるのだ。そうして、はじめて自分の生命の軸をとりもどすことができるのである。それが美沙というひとりの女、この家の完全なる部外者の下宿がはじまるまえの、葵の至福の生活というものだったはずである。

予備校の自習室にぎりぎりまでねばって帰宅の時間をおくらせるとか、従姉との接触を回避するためにろくな方法がとれなかったが、無理やり自分にしいたそんな生活が、いかに心身に有害で危険かということはすぐに身をもってしることとなったのである。

ある日、予備校で物理の授業の時間変更のメモがくばられたが、しかし、そこに書かれている簡単きわまりない文字がダリの時計のようにとけて、どう目でおっても、読みとることができないのである。あまりにも時間がかぎられ、大学入学試験の本番がせまってきているのに、受験準備の体系はずさんのまま、焦燥はつのりにつのっているのに、脳はいつのまにか神経のやまいにおかされていた。はたしてこれはじぶんの怠惰の罪なのか？　しかたなく日あたりのよい二階の座敷であたまの負担のかるい雑誌をながめていたら、ある一ページほどのコラムに目がとまった。十六世紀フランスの随想家、モンテーニュについて、公務の重責と隷従に倦《う》みつかれて世間から身をひいてこれからは隠棲の日々をおくる、といういきさつが書かれていた。思索と隠棲《いんせい》、その魔法のようなことばが、おなじように倦みつかれていた葵のこころにふかくきざみこまれた。

この人間をだんじて生かしてはならないとするかのような、運命の周到な配慮にはただ舌をまく以外にない。運命の悪意がきわだっているだけで、いくら合理的な思惟をめぐらせてもわからない。前世の因縁というようなものにしかこたえは見つからない。たった一度しかないなけなしの青春期に、自分の人生を根本的に左右したこれほど重大なことが、葵はいくら考えてもわからない。

――（どこかのすくわれない魂がだれかに存在を知ってほしかったのだ。もうそろそろわかってもいいころだ。むかし、この都市にあった精神病院に国道十六号の大きな橋をわたって、こころをやんだ病人のお見舞いにいったのは、もともとこの町で生まれそだった葵の母親姉妹である。リンゴをもっていったら、毛布をあたまからかぶってがりがりと芯まで食べてしまったという。そのあわれきわまりない魂がだれかに、せめて血筋につながるだれかひとりにでも、存在を知ってほしかったのだ……）

なぜ、従姉の下宿がこのときにはじまったのか。なぜ、その三年間であったのか。そうして一度人生の階段を踏みはずしてしまったものは、もうそれっきり敗亡の人生をおくるほかはなく、二度とうきあがることはできないのか。聖人なんかではない、十代の小僧っこが、じぶんから、じぶんの責められる咎《とが》によって、階段をふみはずしたのか……。

しかし、かすかな奇蹟の光のようなこたえが見つかるまで、気がとおくなるほどながく、一生にちかい時間がかかるのかもしれない。葵がこの人生にのぞんでいるたったひとつのものは、やはり十代の机のまえの、だれともあらそわない、ものしずかな、それじしんでみちたりた、一掬《いっきく》の真清水のようなこころの充足であるからだ。

第十章　次兄の再婚

欣央《よしお》の再婚話がもちあがったのは、それからほどなくしてからのことだった。仲介者の話によれば、熱海のほうにミカン山をもち、総合病院と介護つき老人ホームに土地を貸している神奈川県厚木の大きな農家の末娘で、実は別れた恋人がいて、その男から今でも無言のいやがらせ電話がかかってくるという。その恋人には妻子がいた。そのため娘は人生に絶望して、結婚というものには消極的になっている。この枕ことばのなかにはなにかしらメロドラマじみたものが感じられ、葵は幸うすい女のさびしげな横顔をおもいえがいた。

「ああいう顔をした娘さんなら、欣央さんがきっと気に入るとおもいますよ」

と仲介者は念をおした。この仲介者の吉岡というのは、姉の亭主だった。最初、欣央《よしお》の会社時代の友だちが姉とつきあっていた。おたがいに結婚適齢期だから、それを前提にしているけれども、どうも話がうまく進捗してゆかない。男女間には相性というやっかいなものがある。そこで登場してきたのが、その友だちのさらに友だちの吉岡だった。大きな顔に鼻が坐って、背がひくい。見劣りするところがあるかもしれないが、しかし、話していてとても楽しいのである。銀座に本社のある大手の製菓会社につとめていて、若手の幹部候補生らしく細心で弁がたつ。わかくしてあちこちの営業所の責任ある立場をまかされ、上からはやいのやいのいわれる一方、下のものたちからはあてこすりもきつい。やはり神奈川県の大きな農家の次男坊で、万事につけ周到な気くばりにたけ、ひとあたりに如才《じょさい》がない。

吉岡とろくにのめもしない酒をのんでいて、あるとき、葵は問われたことがある。

「意識をうしなうまで酒をのんだことがある?」

返事にまよった。葵は寝床に本をもってゆく。銭湯の仕舞掃除でぞんぶんに汗をながしたあと、グラスに注いだストレートのウイスキーを咽喉にころがしながら、本を読むのが毎夜の至福の時間になっている。法律のごとき固い本はどこかに置きわすれて、たいていは失読症のあたまにやさしい国の内外の小説のたぐいである。小説は読むものではなくて、ながめるものだからである。酔いがまわってきてしたしい語彙であふれた小説世界の絵柄が茫洋としてきたとき、枕に頭をおとす。現実社会というところは嫉《ねた》みの大海である。だれもが傷ついている。吉岡は複雑な人間関係のなかで意識を失うまで酒をのむこころの苦しさを問うたのであるが、毎晩、葵は酒で意識を失っているのとおなじではないか。

大学はすでに卒業した。一応、司法試験の受験生ということになっている。しかし、さっぱりそちら方面に身がはいらない。生活の無能力者が現実世界にどうやって自分の身をたてたらいいのか、さっぱり見当がつかない。こんなことをいつまでしているのか。つねに焦燥につきまとわれている。精神の世界にめざめて日々の課業にはげんでいたときに、怠惰だったことが一度でもあっただろうか。無自覚な懶惰《らんだ》ほど葵に似つかわしくないものはないのである。結婚というものについても、ふたりの兄をさしおいてそのチャンスがなかったわけではないが、自分のなかの何もなしとげてこなかったという空疎な思いがそれを掣肘《せいちゅう》するのである。つまり葵には社会的自我というものがまったく欠落していたからだ。

自分というものを、十代の大学受験時代の勉強部屋に置きわすれてきてしまっていたのだった。大学受験は、当然、失敗だった。二浪はない。あのままだと、失読症がもっと悪化してしまった可能性もある。そこからはじまって、卒業できたのが不思議なくらい学部の勉強は放擲《ほうてき》し、政治学の専攻で受けた大学院は落ち、司法試験も本当に合格したい気持があるのか、うけるたびにおちてきた。落第のはてしない連鎖である。

こういうどぶ泥につかったような敗北だらけの人生というものを、はたして十代の机のまえで予測できただろうか。ああ、おれは死ぬほど苦しんできた！　これまであやうく命まで落としかけた、極度に悲劇化された身の凍るような少年時代にもことかかない。自分では不安にみいられた、わがことにすぎないけれども、ありあまるほどの苦しみを抱えた半生をすごしてきたから、自負心だけはひとなみ以上にあるものの、渇いたところで小説まがいの習作をいくら書いても、どこかに《私》と《公》をつなぐことができる肝心なものをわすれたまま、よろこびの不意打ちがおとずれることはなく、現実の反応は永遠につづくかと思われるサイレンスのみである。葵は文体というものがすこしもわかっていなかったからである。それらの失敗と敗北のことごとくの原因が、大学受験以来の自分の生命の軸がどこかでぶれてしまって、いくら熱意と焦燥ばかりがあっても、まるで自動車のクラッチ板がすべっているかのように頭がむなしく空転していることに意識がむかってならないのであった。どのようなものであれ、一定の仕事の成果がでるのは、大学受験時代のあれらのかってない至福の日々のように生活のすみずみまでコントロールがゆきとどいて、日々のつつましいメチエの鍛錬に専心できる心身の静かでおちついた状態によってでしかないのである。それが突然やってきた酷薄な運命によって根こそぎうばわれ、そこなわれてしまったという無念なおもいばかりがつよい。

年齢からすれば、修士二年、博士三年が終わっているころだ。法学部に入ったのは法律を学ぶためだったが、大学受験のころから念願していた学者のようなものか、それともごくあたりまえにサラリーマンか、少年時代の自殺未遂と断食という命がけでかちとった生命律の根底さえくつがえされなかったら、とっくにいずれかの方向へすすんでいたにちがいない。それはひとりの人間が子供から大人に脱皮して、社会人のはしくれとして社会生活をいとなんでなにがなし社会性を獲得してゆくことである。それは次の社会化のステップとして結婚問題につながってゆかざるをえない。こうしてひとは家庭をいとなみ、社会にまじわって生活してゆくことになる。

それは葵という人間の色彩、彼の家、彼の家族の色彩をまるでちがったものにしていただろう。それがゆるされなかったのは、はたして、父親ゆずりの欅の机のまえで天につばするようなだいそれた野心でもいだいたからとでもいうのだろうか。その罰が天から下ったとでもいうのだろうか。

学部にいたとき、ＮＨＫの教養番組などのマスコミにもときどき登場する東大社研の教授が講師としてきていた。授業中、恩師の話をした。

「『学者という職業がなければ、自分はこの世のなかで生きてゆくことはできないだろう』といつもいっていましてね、出版社からはさいさんたのまれているのに、本一冊も書かず、もう中年のいい歳なのにお見合いの女性の写真を見て、『恥ずかしい！』って純情青年みたいに赤くなって両手で顔をかくすんです。そんな先生でしたが、でも、学生たちには好かれていましたね。わたしも好きな先生でした」

あるいは葵もそんな学者のはしくれになっていたかもしれない。その可能性がまったくなかったとはいえない。うずたかくつまれた書物の堅固な隠れ家によってかろうじて社会からまもられた学者という職業がなければ、この世のなかで生きてゆくことができない、そういう人間に。

高田馬場にゆく前夜だけ、場合によっては行きの電車のなかだけで教科書をひらく。参考書で出題範囲の論点に関連する学説・判例をあたる。そのときだけの司法試験受験生である。答案練習会ではトップの成績をとることもあったが、失読症の後遺症か、法律の言葉というものは葵の内面にしみてくるまでひどく時間がかかる。その作業がはなはだしく苦痛である。これらの純粋理念でできあがった言葉の体系が、自分のあえなく挫折した過去やみたされない内面といかなる関係があるというのだろうか。明日の答案練習会のために、夜ひとりでノートをつけていると、膝まで泥につかって濃霧で視界のとざされたはてしない沼地をとぼとぼあるいているようなこころぼそいおもいがしてならない。すでに勝負はついてしまっているではないか。模範答案の神がかり的な暗記能力はとっくにすりきれて、こんなくるしいことをいつまでつづけることができるのか、まったく自信はなかった。

一方では深夜の寝酒とともにする物語世界への耽溺で、いつの間にか文学にもはまりこんでしまっていた。むしろ生命の重心はこちらにうつってしまっていたかもしれない。刑法各論の論点の一つに、「猥褻」の定義というものがある。いたずらに性欲を刺激させ、普通人の性的羞恥心をがいし、善良な性的道義観念に反する、というまともな司試受験生なら一字一句だれでも知っている。ある答案練習会でのちに革新系の衆議院議員になった修習生が講師として来ていたが、その文言をそのまま暗記しろといいわれたときは、葵は本能的とでもいうべきいきどおりをおぼえた。こういう言葉がどこから出てくるのだろう。こういう言葉を信じきって一生をすごす人間がいるのだろうか。

「きみ、あんまり深刻になることはないよ。まずは語彙に熟達してからだ。自分でかんがえたって意味はない、ようは模範答案の世界なんだよ。それに法律とは、ひとびとが暮らしやすい、信号機が適切に機能している町の景観みたいなものなんだから。しょせん信号機、そんなていどの社会の便宜手段にすぎないんだよ」

しかし、一生がのんびりと地上の楽しいくらしに密着したまま、町の景観みたいなものでおわってしまっていいものか。いくらでも無知と世間知らずと傲岸の罰をうけるが、ひとりの人間の生涯と命をかけたものが、こんなものでおわってしまってもいいものか……。

葵のまえには義兄の吉岡のほかに、美沙の兄、正紀《まさのり》が登場していた。とおくはなれた岩手の従兄がはじめて葵の前にあらわれたのは、やはり高校三年のはじめて断食をしたときで、美沙が広島からやってきたのとおなじころである。岩手の高校をでて川崎の大きな工場ではたらき、そこの社員寮に住んでいるところを葵の両親がたずねていったことがある。部屋の机のかべには、一日一時間の勉強と貼紙がしてあったそうである。

この工場をやめてから、都内の新聞販売店で住みこみではたらきながら早稲田を受験するとか、文学青年仲間と同人雑誌をやっているとか、志賀直哉などの白樺派の小説はあまりすきになれないとか、葵の目にはこのましい兄貴分のようにみえた。

美沙が独学で看護師の資格をとった明敏な母親に似ているように、天龍峡で死んだ父親について正紀はその面影をしのぶ手がかりになるかもしれなかった。高校三年のときにはじめて会ったときからすれば、素朴な光沢が美しい南部の紫桐《むらさききり》の工芸品みたいに好感のもてる勤勉青年だけではないもの、この男に本来そなわっているのであろうあれた地肌が表にではじめてきていたが、それは岩手の父親系の血をどこかに反映したものだったかもしれない。土木作業員の飯場を出稼ぎで転々としなければ岩手の農家の人間はくらしてゆけないのか。それともなにかの物語のように女と一緒にあちこち転々とながれてあそび人のように生きてゆくしかないのか。

親戚の法事があったとき、家にかえってから母や叔母と雑談していたら、天龍峡で死んだ正紀の父親のことがつれづれにおもわれて、葵は五反田にいる従兄に手紙を書いたことがあった。戦争中だったから事故で処理されたかもしれないが、今の時代だったら警察が出動する事件になっていたと書いたのである。岩手の二十八歳の無辜《むこ》の青年は殺されたのであると。

あとで、横浜の美沙から電話があった。

「あんなことを書いて、お兄ちゃんがおこっているわよ」というのである。

もっともだとおもわれる感想をそのまま手紙に書いただけであったから、なぜ正紀が怒っているのかのみこめなかった。すでに夫婦は天龍峡のダム工事現場からさることをきめ、深夜、寝ているところに鶏の生肉をほうりこまれることもある宿舎で使っていた家財道具をことごとく相模の妻の実家に送ったあと、天龍川でアユ釣りをしていたところに、うえからころがり落ちてきた岩にあたって川に顚落して死んだという父親の死因について、実子であればさまざまなことを考えていただろうとおもっていたのである。大手ゼネコンがからんだダム工事現場の帳簿をつけている人間を飯場からそとに出したくない、なにかしらの理由でもあったのか。奥相模の旧家の吉野小町とよばれた母親の血をうけた美しい白い肌の若妻の存在が、いかに人里はなれた山奥のあらくれた工事現場に異様なものであっても、中国人捕虜たちをふくめて身を焦がす性欲に飢えた肉体労働者たちのジェラシーだけが殺害動機ではないであろう。

それともそれらのことごとくが神がかったような偶然の事故だったのか。

父親は信州の山奥で殺され、東北農家のふるい風習にしたしめずに天龍峡へ亭主をつれだした母親は、二度と岩手の婚家先に帰ることができず、亭主が殺された六年後に、そのむかし奥相模の母親がそうであったように、こころをやんだまま三十四歳で亡くなった。わかい夫婦が旧弊な因習を脱してむかった自由の新天地となるべきところは、この世の地獄だった。それは正紀兄妹の原点だ。このふたりは父親の殺された信州山奥の現場にかなしみの母とともにいたからである。

欣央《よしお》の再婚話がもちあがったころ、銭湯の建物とは別棟になっている二階家の改修工事が行われた。銭湯の二階にも部屋があり、義之はひとりでそこに住み、別棟に両親と葵が住んでいた。葵が使っている部屋がかつての姉の部屋で、美沙が下宿していた部屋でもあった。

家の改修工事中は台所が使えないので、そとへ食事を依頼せざるをえなかった。そこでにわかに利用価値がましたのが、銭湯のすぐ近くにあったてんぷら屋であった。

「てんぷら、何人まえですか」

と台所の破れたガラス窓の三角形に、突然、女房の目が見えることがある。下から見上げるように目をみはり、ここまで駈けてきたのか、美しい白いおでこがあぶらでぬらぬら光っている。たまたま普請場のなかにいて、そんなふうにいきなり女房と対面すると、葵はどぎまぎしてしまった。

いくつもの天丼をのせた大きなおぼんを抱えて玄関先にいきなり飛びこんでくることもある。いつもの黒いのとはちがって、軽快な腰に白いジーパンをはいていたりする。その躍動しているふとももののところには、手製らしい、大きな緋色の薔薇《バラ》の刺繍が鮮血でもぶちまけたようにあざやかにさいているのだ。

そうして、ほぼ改修工事が終った二階の自室でふつか酔いに苦しんであたらしい畳の藺草《いぐさ》の上をごろごろしているときなど、下の厨口にてんぷら屋の女房の翡翠の玉でも口のなかでころころ転がすような軽快な声がひびくと、わけもなくこころがおどった。その声はいつか彼女と親密な関係ができるかもしれないというふらちな妄想とからまって、葵の耳にここちよくしみこんでくるのである。

高田馬場にゆくとき、路地の天志家のまえをとおるとき、あらたまってスーツを着ているときなどは、店の中をのぞくようなことをする。奥さんがいるかなとおもうのである。店のなかからほがらかな女房の笑い声が聞こえてくると、それだけでうれしくなった。もう路地ででくわしたとしても、わらって会釈ぐらいはできそうだった。

欣央《よしお》の縁談話は順調にすすみ、二度目の結婚式は初度のときとおなじように市内の料亭の大広間を借りきっておこなわれた。葵は受付係をして宴席につらなった。兄夫婦の新婚旅行中、銭湯の裏方は葵ひとりできりまわした。

ほどなくふたりは旅行から帰ってきた。さんざん前妻との不和をきかされていた葵はたいして言葉を交わさなくても欣央の顔をみれば、うまくいっていることが知れた。のちに旅行中の写真ができたが、欣央がわざわざ葵のところまでもってきた一葉では、どこかのうす暗い建物のまえで紺の背広を着た眼鏡の痩身の男に、陰気にくすんだようなコートを羽織った色の黒い女がよりそっている。カップルの表情はさえず、どんよりした翳りをおびたくらい色調に、一瞬、葵はおどろいた。うすらさむい陰鬱な日だったのかもしれない。

銭湯の二階で欣央の再婚生活がはじまってほどなく、ある日の夕食は家族そろって天志家でとることになった。先に食事をすませた両親といれちがいに、葵ひとりだけおくれて店に入り、兄夫婦とおなじ卓にすわった。

葵に注文をとりにきてから、女房はビールの栓をぬくと、

「失礼します。おつぎします」

とばか丁寧に瓶をさしだした。

「すみません」

葵もばか丁寧にこたえてコップをとりあげた。瓶をもっている女房の手は白く、繊細だった。ただ皮膚につやつやとした張りがなく、まるめたティシュペーパーをひろげたようにこまかい皺がよって、いくらか疲れているようだった。ここにくる寸前まで書物だらけの部屋にとじこもっていた葵の手も男にしては繊細すぎた。つめたい外気にふれて赤くなっているところをのぞけば、ふたつの手はいくらか疲れて、神経質になって、しなびて、こまかい皺のさざなみがよっているところはそっくりであった。葵はふたつの手を見くらべ、女房の目もそのあとをおなじようになぞっているとかんじた。

海老、きす、イカ、牛蒡《ごぼう》、レンコン、春菊、どんこ、ニンジンといろいろなてんぷらを盛りつけた皿とごはんの椀がきた。味噌汁はあさりである、女房はまたしてもばか丁寧にそれを葵のまえにおいた。

すると、突然、店内にキンキンとひびく声で、

「わあ、海老が一個多いじゃないの!」

とおなじ卓に坐っていた義姉の春乃《はるの》が小学生みたいな嬌声をあげた。欣央夫婦はどこかに挨拶に行った帰りだったのか、新婚旅行の写真とおなじ服装をしていた。春乃は濃い色のコートを店のなかでも着たままであった。

夜の客でたてこんだ店のなかでてんぷら屋の女房はこの春はじめて見たときとかわりなく、若女将らしくういういしく、潑剌とたち働いていた。そういう客のあいだを活発に動きまわっているすがたを、葵はなにげなくながめていた。

近くの場所でカウンターのなかへひょいと踵《かかと》をもちあげたとき、黒いジーパンのおしりが高くはちきれ、それを椅子から無遠慮に見つめていた葵のほうへ、女房の目がきょときょととうれしそうに華やいだ。ひっつめ髪にした女房の白くて丸い顔は、まえから見ると善良な主婦そのものだったが、横顔は鼻が高くて自然のまつ毛の目が美しく、印象がまるでちがっていた。その綺麗な横顔を見せて、エロティックなおしりをまじまじと見つめていた葵のほうへ、そのぶしつけを非難するどころか、うきうきした目がころりところがったのだった。――「だめよ、そんなに見ちゃ。はずかしいじゃないの」

葵はくつろいでビールをのみ、椀の白米を箸ですくい、大根すりをつけた天つゆに揚げたてのテンプラをひたして食べた。そうして、ときどき女房の顔を見た。はたらいているようすは潑剌としているのだけれども、その顔はどことなくさびしそうであった。出前の世話になった別棟の改修工事と関連して、ここにあたらしく出現したばかりのコートの女性が女房にどのように映っていたのか、わからない。銭湯は叔母も手伝っていて、しばしばその叔母が欣央のつれあいだと見られることがあった。ふたりとも眼鏡をかけて、人のよさそうな顔と印象はそっくりである。閉店の時間がちかづき、客は一卓をかこんでいる欣央夫婦と葵だけになっていた。そのころになると、女房は亭主が油鍋の前に坐りこんでいるカウンターのなかに入っていた。だから客と店の主人は、カウンター越しに会話を交わす恰好になっていた。客のほうはもっぱら欣央が、店側は女房があれこれ雑談していた。

そうしてふいに女房が、葵と欣央が銭湯の庭に山とつまれた廃材とチェーンソーで格闘しているのをさして、

「男のひとがああやって働いているのを見るのはいいですね」

といった。からだをつかうあらっぽい仕事の主体になって、チェーンソーをあつかっているのはもっぱら葵である。

「ほんとうにいいですね！」

もう一度くりかえすと、昂然とあごをあげ、顔をいっぱいにひろげて笑った。葵がまだ独身なのはすぐにわかることだ。ほのかな寂寥をただよわせた女房の白い顔のなかで、象牙のようにのっぺりした光沢をたたえた、動物的に長い二本の門歯がむきだしになっていた。葵はおどろいて亭主の顔をうかがった。しかし、女房がここにいるひとりのおとこに愛を告白しているのに、なにもしらずに一緒になって追従《ついしょう》わらいをしているのであった。

店を出るとき、葵はテーブルから立ちあがりながら欣央《よしお》にいった。

「『キャニオン』へでも行くか?」

これまでふたりでよくいった中通りのスナックだった。

「もういいの。帰るのよ!」

と春乃がかわりに答えた。

この都市のメインの駅の北口から放射線状にひらける夜のネオン街に数店あるうちから、適当な店をえらんで、指名もせずロビーで女を待っている時間は凝縮している。どんな女がやってくるのか、まるっきりの賭けである。だからものなれた遊び人のように悠然とかまえているということもなく、内心の不定形なものをたえず針でちくちく刺してくるそこはかとない緊張感と不安でつつまれた気分をまぬがれることはできないが、それがかえって情動を刺激することがある。ただ、いつものことだが、町角でいきなりぶつかるようにであう女というものが常に性的魅力にあふれているとはかぎらない。ずんどうの腹をした八百屋のおかみさんのような女や腹の大きな妊婦に会ったのは、改装する前のこの店だったはずである。あまっちょろい期待は、人生のほかの局面でそうであるように、いっさいご法度だ。髪の毛一筋ですら自分の意のままにならない人生というものは、おもっていることとは逆のほうへ行くようだから、おもっていることとは正反対のことを念じていれば、おもっているような人生になるということか。

タバコの煙がただよって客で混みあっているロビーでうつらうつら待ちほうけていると、JALの制服みたいなのを着た女が、おそろいの紺の帽子をかぶってやってきた。

「おまたせしました」

と声をかけられたのは葵だった。ソファーから見あげれば、腕に大小のタオルのセットをかかえ、ふとももが露《あら》わどころか、下着すらのぞかれそうな超ミニスカートをはいたたわむれのスチュワーデスは、まるでどこかの芸能タレントのようである。均整のとれた肢体に可憐な花がぱっちり咲きにおっているような顔がのっているが、女の美しさをきわだたせていたものは、彼女がまったく自分の美貌を知らないか、知っていたにしても、そんなことをまるで気にもしていないことだった。

こういうところにあまり縁のないひとびとが、こういうところの女たちにどういう感想をもっているのか知らないが、一般社会で見るよりも、まともで、女らしく、繊細で、おとなしく、傷つきやすい、純粋な女が多いような気がする。世間の偏見じみたものとはまったく逆なのだ。ここでもっとも必要なのは、男たちからお金をいただく商品としての美質と、日々、みがきをかけ、丹精している女の性だけである。そして、性の世界でも、こういうところに身をしずめる女の古風な女気などというものは邪魔なだけで、男をとりこにする才能というものが必要となる。これがほんとうはいちばん大事なものなのかもしれない。真の才能というものは、どこでもめったにないものだからである。才能がないか、とぼしいものは、どの世界でもそうであるようにいずれ淘汰されざるをえない。

葵がこういう店にまったくはじめての客として入ったのは、大学二年のときだった。失読症の底なしの泥沼にはまり、本が読めず、自分の頭はぶっ壊れてしまったという地をふむ足もおぼつかないような状態で、しかしからだだけは精気横溢して、青春期の猥雑な好奇心にそそのかされて日の暮れかかったネオン街の路地奥にある店に、大学の帰りに「法哲学」などという教科書を小脇にむきだしのままかかえて、バンカラ学生そのままにどたどたのオンボロ靴を履いて入ったのだった。白いブルマーみたいなのを身につけた、わかくて、ハツラツとした、敏捷《びんしょう》な小動物のような、色の黒い、小柄で、快活な女がついた。顔が知られている地もとではこんな仕事はできない。女たちは面のわれない遠くから、隅田川を渡った東のほうからはるばる電車にゆられてここまで通ってきたりする。逆にこの西郊から隅田川のむこうまで通っていったりもする。

「なんでこんな仕事をしているんだ?」

とすべてはじめてだらけの経験からきいてみた。

「お父さんが人に騙《だま》されちゃったから、仕方がないのよ。けれども、人をだますようなお父さんよりも、人にだまされるお父さんのほうが、わたしはずっと好きだわ。そんなことよりも、あんた、ずいぶんきたない靴を履いているのね。こんなところにくるお金があるんだったら、靴くらい買いなさいよ」と女は親身なお姉さんのように意見をするのだった。

それからもうかなりの年月が経つが、葵はおよそこういう店で、こういう店でないところにはいくらでもいるあばずれ女にであったことがない。

部屋に入ると、おんなはまるでコートでもぬぐように裸になった。

浴槽からでた葵のからだをバスタオルでふいてくれたが、おんなはまえに立ったまま肩にぐるりとタオルをまわして、美しい表情をかえずにひっそりと抱きついてきた。すぐそばに背丈をこえる大きな姿鏡が立ててあったので、そのほうに頭をめぐらすと、ちょうど鏡のワクのなかに、湯あがりのおとこの赤いからだとおんなの白いからだが横むきにひとつになっているのが見えた。葵は抱きあっている男女にじろじろ視線をむけた。するど女も、男のからだを尻の下から上のほうへじろじろ撫でまわすように見ているのが、かれの繊細な腿裏《ももうら》の皮膚にザラリとした感触でかんじられた。

「ジュース、のむ？」

「ああ」

「なに」

「コ、コ、コ……」

「コーラ」といおうとしたが、女の美貌にあがってしまった舌はこわばって、言葉はど

もって出てこなかった。女はそんなことをまったく気にもせず、

「コーラね。まってて、いまロビーの自販機でだしてくるから」

と目を輝かせて、ならんですわっていたマッサージ台から立ちあがると、裸のうえにじかに紺の上衣を羽おり、ちっぽけなスカートをはきだした。

「ノーパンで行っちゃおう。わかりゃしないわ」

部屋にもどると、服をむしりとるようにして、

「だれにも気づかれなかった」

と息をはずませた。

葵のからだに避妊の手だてをしてから、抱きあうまえに女は部屋のあかりを消した。枕辺の玩具みたいな小さなスポットライトが照射する範囲をのぞいて、白タイルでかこまれた殺風景な部屋のたたずまいが濃密な闇にのまれた。こんなことははじめてだった。いつでも天井の煌々とした蛍光灯に裸身をさらして女をだいてきた。スポットライトの小さなシェードが海のなかから太陽をあおぐような鮮烈な青いひかりを放っている。演出の不意うちにとまどい、消灯にどんな意味があるのか、葵はかんがえあぐねた。

「なんで？　なぜ明かりを消しちゃうの」

言葉はすらすら出たが、スポットライトのつくる鋭角の陰影で今までとは別人のように見える女はこたえず、あおむけに枕にのせた頭をじっとさせたままグビリと音をたてて生唾をのみこみ、腹のそこからとおい潮騒のようなためいきをもらした。そのうえに体をかさねた葵は、まっしぐらに肉体の快楽へとつきすすむことができない。からだを他人の前にさらけだすことは、決して精神をさらけだすことにはならない。そして、おそらく、そろそろ自分の足をつける場所がなくなりかけ、肉体の数式が破綻しかかっている葵はこういうおんなのいる店にくることはないであろう。どもって言葉がでてこなかったのは、単に女の美貌にあがっていただけではないのである。

あっけない時間がたって、マッサージ台におきあがった女のなにかわすれものでもしたようなぼんやりした横顔をうかがって、女をよろこばせてやることができなかったという苦いものがのこった。部屋はもとどおり蛍光灯でくまなくてらされて、もう一度湯につかってでると、女はバスタオルでからだをふいてくれて、また葵の肩にタオルをまきつけて抱きついてきた。火照《ほて》ったからだに女のひそやかにつめたい肌がここちよく、しばらくそのままじっとしていた。

葵は姿鏡を見、つづけて女も見た。

ことさら意識はしていなかったが、てんぷら屋の女房が見ていたであろう銭湯の庭で廃材の山にチェーンソーの丸やすりで研いだばかりのするどい刃をたてたり、ボイラーを焚いたり、銭湯の洗い場のタイルを大型デッキブラシで泡だてたりすることに葵は情欲の発散にちかい快感をおぼえ、そのことが彼の生活には必要だったらしいのだ。

しかし、それらの単純な肉体労働がしだいに様相のちがったものに見えだしてきた。兄は弟に、弟は兄になんでもはなす親密すぎるきらいがあったけれども、最初の結婚の破綻に苦慮してきた欣央のようすに変化が生じてきていた。それはまるでとってつけたように人工的なものだったが、葵に対して寡黙になったのである。

美は不公平である。葵は、過去半生、春乃《はるの》のような女性をあまり見たことがなかった。やせぎすの肩が少年みたいに真っすぐに張って、脚を左右にうっちゃってあるくすがたは、うしろから見ると、女というよりも男のようである。伊勢原の造り酒屋にとついだお姉さんのほうは母親に似て色白のうえ、女らしいふくよかな体形をしているが、ほこりだかく鋭敏な大農家の大旦那である、やせてゴボウのように筋ばった父親のほうの遺伝子を多くうけてしまったらしい。ひとの内心をつらぬく敏感そうな大きな目、すすけたように黒い肌、はうように低い鼻、金属的にキンキンした声といい、葵はこういう女性というものを感情以前に苦手としていた。性を倒錯したようなボーイッシュな女性というものには感情がシャットダウンをおこしてしまう。まして葵のばあい、家族の中では、唯一、のびやかに口をきくことができるのは次兄しかいず、世間なみの兄弟以上になれしたしみ、おもねり、そういう自分のなかにある微妙に女性的なものが意識されてならないせいか、家というとじられた場所でいっそう苦手意識がつのる。つまり春乃と葵は、生年がおなじということもあり、欣央という対象をはさんでまるで双生児のようだったのである。

結婚前のわかれた妻子もちの恋人やら、いやがらせの無言電話などのメロドラマティックなうわさはいったいなんだったのか、黄色い絶叫がどこからかきこえてくる。

「わたしより弟のほうがいいの！」

葵が別棟の二階の自室から銭湯の仕事に下りてゆくとき、これまでにない違和感をおぼえるようになっていた。足裏と床のあいだに空気の隙間ができたようで、すねにひんやりとつめたい不快なものがまとわりついてくるのである。今までこの身におぼえたことのないいぶかしさに足をはらってみるが、執拗にまとわりついてくるものははなれない。自分がそうであるように、だれかが葵の存在をいやがり、拒絶しているのである。

いずれにしても葵は、大学受験の勉強部屋に自分というものを置きわすれたまま、この家に長居をしすぎていた。やはりここにも彼の椅子はなかった。あるものだと錯覚していたにすぎなかったのである。

ある晴れた日、兄弟はかねて予定していたように銭湯の屋根をペンキで塗ることになっていた。おたがいに別棟に住んでいるので、事前に声をかけて連絡しあうはずになっていたが、葵が起きてそとにでてみると、すでに欣央《よしお》夫婦が屋根にのぼっていた。屋根のうえでは夫婦がボロをまとってペンキを塗っていた。日除《ひよ》けのために男のようにタオルで頬被りをして帽子をかぶった春乃は、下から見ると、ペンキ屋の小僧さんのようである。だれもこの家に厚木の資産家のところからあたらしくやってきたおよめさんだとはおもうまい。その男じみたすがたにこれまで外面生活を欣央に仮託してきた葵じしんのすがたをかさねることは容易だった。そのかたわらでは、欣央が黙々と刷毛《はけ》をうごかしていた。

あとで葵も屋根にのぼった。屋根の上で顔をあわせた兄弟は寡黙だった。再婚以来、欣央の顔は後妻に似てすすけたように黒くなり、頬がこけたようだった。後妻と弟とのいわば三角関係になやんで、弟をさけるそのあわれな男を葵は屋根のうえから蹴り落としてやりたい激怒をかろうじておさえていた。だから仕事ぶりはあらく、緑のペンキをどっぷりひたした刷毛を屋根のトタン板にたたきつけて、飛沫が腕や顔にとびちった。

春乃は大きな目をらんらんと光らせて亭主にうれしそうにささやいた。

「嫉いているのよ」

第十一章　しのぶ恋

ちょうどこの夏のことである。てんぷら屋の女房に変化が生じたのである。むぞうさにひっつめにしてうしろで結んでいた髪を前に下ろしたのであるが、しかし、そのわずかな変化は彼女をあたかも生まれかわらせた。おでこやふっくらした頬が髪のなかにかくれると、かねて見なれていた善良な主婦の像が消えた。そこにはまったくあたらしいひとりの女が誕生したのである。

その美しいおんなに葵はつよく魅《ひ》かれた。

土用の丑の日の晩、ひとりだけおそく帰宅した葵のために、てんぷら屋に一人前だけ鰻丼をたのんだ。家族はすでに食事をすませていたので、別棟の一階の居間でひとりですわって待っていると、台所の裏口に女房の声がした。

女房は、採寸してあつらえたらしい白木綿のワンピースのスカートをはき、上半身だけからだにぴったりしたノースリーブの肩のつけ根から、ながいスマートな腕がむきだしになっていた。葵はそのすがたを至近のあがり框から無遠慮にじろじろ見た。大都会の響きと怒りをくぐりぬけてきたばかりだったので、つかれて鈍麻した頭はこまかい神経がまわらない。女房が鰻丼を床に置くためにかがめたとき、一本一本の毛がうわっている髪のなかの清潔な頭皮をのぞきこみ、白いしなやかな腕を見、衣服にぴったりつつまれた胸を見、くびれたウェストを見、腰を見、さらに大まかな襞《ひだ》になっている白い木綿のスカートの奥をさぐるように見た。

それは瞬時の反射で女房につたわり、ランニングシャツと薄地のバミューダパンツ一枚の葵の腰を見、さらにその奥をじっとさぐるように見返した。葵が見下ろしている女房の美しい目はかれの下半身にそそがれている。

金を受けとると、女房は厨口のドアをスローモーションフィルムのようにゆっくりと閉めて、金具がパチリとかかってから、

「ありがとうございました。どうもありがとうございました」

と外でゆっくり二回くりかえした。

そのあとを追って、闇がおぼろにとけている暗い庭の片隅で女房のからだを腕にだきとることはほとんど可能だった。顔をつけ、唇をすうことも。ほんのすこしだけ、耳かきほどの勇気さえあれば。それとも流暢《りゅうちょう》なことばが必要だったとでもいうのだろうか。

居間の和卓にひとりであぐらをかいて、女房がこのひとつだけを腕にかかえてもってきてくれた、とろりとあまいタレに山椒をふりかけたあたたかいうなぎの肉を箸でつまみながら食事をしていると、開け放った軒と接したブロック塀のむこうの線路どおりに、ひとの気配を感じた。目にはさやかに見えないけれども、存在の奥底からなにかしら情念のゆらめきとなって、こちらに発してくるものがある。そうして、あの宝石のつぶでも口のなかでころころころがすような、陶然《とうぜん》と葵の耳にしみこんでくる声が、夜のなかで妖精のようにしめやかに舞っているのである。

そのひとの気配は、銭湯の仕舞掃除のときも釜場のうらのほうに感じられた。

掃除のときは室内にこもった湯気と湿気を逃がすために窓をことごとく開け放ってあるので、銭湯の内部は一面の白タイルが蛍光灯でまぶしく照射されて、無人の劇場のようにがらんどうだった。だから釜場の窓べによりさえすれば、中のようすはあきらかに見てとれる。銭湯の二階の部屋は改装してアルミサッシの窓になっていたが、一階の釜場のほうはむかしのまま木枠に磨りガラスがはまった窓で、下風呂の熱気のためにいつも少しあけてあった。そこは天志家の裏木戸と地つづきになっていたから、女房が闇にまぎれてその場所に身をよせることは容易だった。

ひとの気配は、仕舞掃除が終ってから洗い場のあかりを消して葵がシャワーをあびているときも濃密に感じられた。気配なのである。はっきりつきとめることはできない。しかし、まだところどころ高い天井の蛍光灯が灯っている脱衣所にいた欣央となにか言葉を交したあと、ふと背後をふりかえったとき、釜場の窓枠の黒い矩形の端を、もうここには自分の居場所がない葵のせつない願望の結晶であるかのように、白い色がひらめいた。

そのとき、葵はカランに手をおいた身をかがめて腰を釜場のほうにむけたなり、いうまでもなくなにもまとっていなかった。

……秋のある夜おそく、大都会から西のはずれの町に帰ってくると、駅前広場から銭湯に通ずる路地の入口のところ、スーパーマーケットの四階建てのビルの反対側のパチンコ屋の角で、ふたりの若い女が立ち話をしていた。ひとりはすらりと均整のとれたからだに、夜目にもおろしたてのようなライトグレーのレディースーツを着ている。

葵が広場のまえの通りを横切ってパチンコ屋の角にさしかかると、ポケットにポーズをつくるように片手をさしこんでいたスーツの女がふり返った。ぶつかりそうな距離で男と女のふたつの顔が真正面からむきあい、じっと見つめあった。しかし、夜のネオンのなかで前髪に隠れて瑪瑙《めのう》のようなふかい色をたたえた女の目は笑っていたが、かのじょがだれで、なんのためにそこに立っているのか、たったいま大都会を渡ってきたばかりのものには、瞬時には理解しかねた。だから女とまじまじと顔を見あわせたまま、路地に入っていった。

すると背後から駈けてくるかろやかな靴音がある。

今のスーツの女である。美しい女はたちまち葵を追いこしていったが、かかとのひくい黒いパンプスをはいた足首の精妙なくびれからなめらかな白磁色のふくらはぎ、腿から神々しいようなエロスを秘めて腰にいたるかつてどこでも見たことがない、愛と美の女神アフロディーテ、その完璧な美にふいにであったような神聖な不安にみちた女の優美な姿は、葵の咽喉《のど》を羨望と渇仰《かつごう》で痛いほどしめつけ、ふるえる心臓をわしづかみにした。

てんぷら屋の女房が長い髪をなびかせながら、葵のまえを舞うように駈けてゆく。

路地をゆくと、天志家の店が入っている数軒の店舗がならんで、すぐ銭湯の塀がつづいて角にコインランドリーのある広い通りに出る。路地の出口で魅惑の妖精は左右どちらへゆくか立ち迷っているかのようであったが、すぐにふんぎりがついたのか、踏切とは反対側の町のほうへ消えていった。広い通りに出てから、葵は女房の駈けていったほうへ頭をめぐらせた。しかし、スナックなどの酒場が軒をつらねているそのあたりに、彼女の姿をはっきりとさがしあてることはできなかった。

別棟の自室でひとやすみした後、深夜十一時半の銭湯の仕舞掃除の時間がきた。このながく親しんできた仕事を葵がしなくなるのも時間の問題だった。この国では一軒の家のなかには、意識を共有した一単位の人間しか生きられない構造になっている。ここには個人などというものはいない。葵の意識は欣央夫婦とはまったくべつのところにむかっている。

葵の心象は自分のまえを駈けていったさっきの美しい女の像で占められていた。てんぷら屋の女房に気がついたときの驚愕もまだ心臓のあたりにこびりついている。この家からも閉めだされ、ここにはもう居場所のない葵のこころは外にうばわれ、家のなかにただよう不快なものにかたくなに背をむけて、ありったけのおもいをこめて外にすがりついていた。そうして、闇にひそむしなやかな獣じみた女のちくちく肌を刺す視線をうけて、トランクス一枚のからだを汗まみれにさせてタイルの床にまきちらしたクレンザーをデッキブラシで派手にアワだて、浴槽からバケツでくみあげた湯で力まかせにながした。

仕舞掃除はおわる。母親や叔母はそれぞれひきあげ、欣央夫婦は表のコインランドリーの片づけにとりかかっている。

洗い場の男湯と女湯を分ける中敷居《なかじきい》のうえの蛍光灯は点けたままだ。昂奮の予兆に胸をたかならせたまま、わざと消さないのである。いま、四囲の乾いたタイルのガラス繊維の光沢面にひかりがまばゆく反映して、このがらんどうの白い劇場にはだれもいなかった。いよいよだ。中敷居に面した排水溝《はいすいこう》から二番目の毎夜の定位置のカランのまえで、汗と飛びちった湯でずぶぬれになった、サポーターみたいに股間をおさえるナイロンのアンダーウェアーつきの窮屈なトランクスを、これまで女のいる部屋でそうしてきたように遅疑なく腰からはがすようにとりさる。そうして、そとの闇にひそむひとの気配に耳をすませながら光のなかにたちつくす。

てんぷら屋のカウンターごしに黄色いTシャツの胸をしげしげとみつめられたときは

てれて顔をうつむけたけれども、とりたてて女のまえに全裸をさらす羞恥心はない。したたか汗をかいたあとなので、若い健康な肌は皮下の老廃物のにごりがとれて、毎日、スポーツ少年のなごりで腕立てふせと腹筋運動を欠かさない、小柄であるけれども、鍛錬された胸、肩、腕、腹、腰、尻、腿、脛の明晰な輪郭線をえがきながら、白く照り映えている。

そのとき、釜場の裏口の窓枠が風もないのにまるでひとの心臓みたいにがたがたとゆれる。それを合図とするかのように、さっき神聖な不安にかられたばかりの美しい女にうすい恥毛の一筋まで見られている恍惚のきわみのシャワーをあびながら、葵のからだは抗すすべがない赤裸の衝動につきうごかされる。

人間の視線は皮膚につきあたる物質を放射する。

最初、視線は本来あるべきところに一直線にあたった。そこにあるものは野生の奔馬のように跳ねあがっていたので、怪訝《かいが》の探照灯は瞬時にターゲットをとらえなおす。ヘッドから下方へ湯をふく斜角が上方へ猛ったそれと一致しているシャワーをとめて、驚愕の視線をあてられているものを手にとれば、たいして時間をようせずに、くまなく注視しているものへのおもいが凝縮されたものが、うすい恥毛の陰嚢《いんのう》を高くもちあげ、かたく締まったピンクの尿道口をつきやぶって、下腹の筋肉をひきつらせ、ふるわせて、灼熱の快楽となってまえの鏡面に何度も痙攣するようにほとばしってゆく。そうして、ステンレスの枠から下のほうへ鏡の青くすんだ色とまじりあいながら白い樹液のようにぬめっていった。女にせめて呈示できるものはこれしかない。これがすべてだった。

そのとき、また窓枠が心臓のようにがたがたとふるえて、

「ああ、しびれた……。もう、もれそう」

と女がもらした声を葵ははっきりと聴いた。あの声、ふるえながら、美しい翡翠《ひすい》の玉でも口のなかでころころところがすような声を。

しかし、女房は葵の上にいったい何を見ていたのだろう。若い法律家のたまごか、それともただの男として見ていたのか。ただの牡として。この世界から自分の椅子がうしなわれ、少年時代よりなじみの隔絶の意識のとりことなり、自分というものの姿を社会からくらますことばかりに腐心しているような男にとって、そのほうがずっとはっきりした手がかりがついた。オスとメス、それだけで十分すぎた。

仮面の法律家のたまごは、女房のまえに自分のみじめな敗北者のすがた、ひとびとの

輪の外側でどもりながらぶざまに立往生し、ありとあらゆるものに劣った隔絶感で凍りついている醜いすがたを見せることができなかったから、おそらく彼女がのぞんでいるようなふりを装って大都会から帰ってきた。そうして駅前広場や路地のうすくらがりに、白い肌にくびれたウェストと、そそりたてるような高いヒップラインのライトグレーのスーツの女をさがした。

すでに決心はついていた。このまえのようにでくわしたら、ものもいわずに女房の蠱惑の腰をこの腕に抱きとって、その唇を自分の唇でふさいでやるつもりだった。高田馬場に行っても、法律の勉強はうわの空でそのことばかり思いつめていたのである。いまさら童貞でもない放埒な青年にとって、行動にいっさい言葉は不要だった。火花をちらすような肉体の発動だけがあればよい。だから電車を降りておもわず唇を舌でぬらしながら町へ一歩ふみだそうとするとき、未知の陶酔の世界に飛びこんでゆくような身ぶるいを禁じえなかった。

ちっぽけな契機からものごとはあらぬ方へとすみやかに展開されてゆくだろう。そうして新しい世界がひらけるのだ。だれにでも訪れるそういう青春期の予測もつかない人生のよきせぬ出来事というものが、葵にだけにはおとずれないということがあるのだろうか。

この夏、女房がヘアースタイルを変えてから、なにかが変わろうとしていた。少なくともライトグレーのスーツと黒いパンプスはてんぷら屋には似あわない。あの夜、路地を駈けぬけていった女房はどこへ行ったのか。

葵は子供のころからこの町の風景をよく知っている。

昭和のエネルギーあふれた経済勃興期の時代、ひとびとは外ばかりをぞろぞろと出歩き、町はいつも多くのひとびとでにぎわっていた。この都市のメインの駅はもっと東側にあるが、西よりの駅前ということもあって、市内に八軒ほどある映画館の大きなペンキ絵が競ってならんでいる駅前通りをどこからこんなにひとが出てくるのかふしぎに思うほど、ひっきりなしに歩くひとの群れで、田舎から越してきたばかりの葵には毎日が縁日かお祭りのようだった。

製材所では欅の丸太にくいこむ丸鋸の音がジェット機のエンジンのようにキィーン、キィーンとあたりにうなり声をあげていたのである。道路が舗装され、大きなビルが建つようになって町なみが近代的に洗練されてゆくとともに、潮が引くように人々の姿が消えてゆき、それぞれ店も店主も個性的だった、いくつもの駄菓子屋、さまざまの総菜《そうざい》屋《や》、店先で桶にまたがってぶっちがえにした棒で芋を洗っていた八百屋、気のいい若い衆がいる中華そば屋、傘屋、歌舞伎役者みたいな顔をした時計屋、貸本屋、一刻者のとしよりの荒物屋、詐欺師みたいな顔をしたおもちゃ屋、夫婦でパチンコきちがいの偏屈な床屋、いつも店の隅でこつこつ仕事をしている靴屋、ゴムパチンコの玉として使うために空気銃の玉を買いに行った釣り道具屋、スマートボール屋、乾物屋、なぜか葵には冷たかった中年のおめかけさんがやっている菓子屋、たっぷりジャムをぬってくれる親切なおばさんのパン屋、大柄なおやじと息子がそっくりおなじ天然パーマの自転車屋、家族全員がみんな目つきが鋭くてこわいような赤ら顔をしたトタン屋、間口のせまい判子屋、路地奥の印象が暗く沈んだ焼き芋屋、喫茶店、算盤塾《そろばんじゅく》などがつぎつぎと酒場に変わっていった。

そのどこかの酒場へ女房は駈けこんでいったにちがいない。そうして亭主とのあいだに何が起こっているのか。ほどなくその一端がほころんで外にこぼれた。銭湯の仕舞掃除をしている深夜、そとで騒ぎが起こった。酔っぱらいの喧嘩であればこのあたりではめずらしくないが、葵はデッキブラシをとめて耳をすませた。男の怒声の暇々に、

「やめて、あんた、お願いだからやめてよ！」

と哀願するてんぷら屋の女房の声がした。暴れていたのは亭主だった。かれは夫婦の破綻に気がつくのがおそすぎた。それは今にしてはじまったわけではない。あの夜、欣央夫婦と葵をまえにして、店のカウンターのなかに入っていた女房が、のっぺり光る黄色い門歯をむきだしてあごを昂然とそらせて笑ったとき、すべてはおわっていたのである。

そして、昼間、葵が単独で銭湯の庭でチェーンソーのエンジン音をたてて仕事をしているとき、その爆音《ばくおん》のあいだをぬって、

「葵《まもる》さん、好きよ！」

とてんぷら屋の裏木戸の方角からきこえてきたりした。その声はあまりに大胆すぎ、あまりに明瞭すぎた。しかし、家のなかですらだれからも援助の手をさしのべられない葵は現実的に無力をきわめた。

だれに仲介されたものでもない、世俗のしがらみとは無縁の、正真正銘のほんものの恋はまわりのものたちからうとまれ、にくまれ、さげすまれ、嘲笑され、嫌悪された。一年以上にわたって前妻とのあいだのかこちごとを弟のまえにならべた欣央《よしお》は、すでに卒業して葵のかたわらにはいず、彼はまわりのものたちの代表格のような存在におさまっていた。それがもっとも道理をえて、常識をわきまえた大人の態度だった。もし葵に援

助の手をさしのべるようなことをしたら、家のなかのバランスに微妙なくるいが生じて、前妻との苦悩の日々のはてにえた自分の再婚生活の幸福がどこかに消えていってしまいかねない。後妻をえてこの家の正式な継嗣《けいし》になった人間に、そんなおろかなまねができるはずがなかった。自分はいくらでも身をひく。てんぷら屋の女房のような女が欣央の後妻になればどれほどよかっただろう、と葵はしばしば夢想した。そうすれば従来どおり兄弟はしたしみ、円満な家族生活がいとなまれたかもしれないが、そんなことはとどのつまりここにはもう自分の居場所がないもののはかない願望にすぎなかった。

別棟には風呂場がない。銭湯の休業日のときなどに、釜場の裏から入ってしんとした洗い場でからだをながしていると、その音を聞きつけて二階の部屋で酒でも飲んでいる欣央夫婦の声が聞こえよがしに上から葵の耳に舞いおりてくるのである。その場所にいない仮想敵を露骨に悪口雑言することは、その場所にいるものの関係をよりいっそうふかめる。

「なにをやってやがるんだ。いつまでたっても司法試験にうからねえようなやつが、よりによって天志家の女房なんかに手をだしやがって、おれは絶対にゆるさねえからな。なにがあっても、おれは知らねえぞ」

「あの女、前から葵さんに色目をつかっていたもの。ちいさな子供までいるのにいったいなにをかんがえているのかしら。こないだ線路むこうの学園のちかくの都立小児病院にいたわよ。おどろいちゃった」

「そんな女、亭主にあきて男がほしいだけのただの売春婦じゃねえか。片一方のヤローのほうときたら、春を買うことばかりしていやがって」

「え、なにを？」

「春だよ、春。女を買っているんだよ」

「…………」

それから、てんぷら屋の亭主に対応するかのように、たいしてのめもしない酒でのんだくれて、もともと少年時代の一時期自分の本籍地はそこにあった、いかなる実もむすばない終末の観念にとりつかれた無頼の行為がくりかえされたあと、葵は自分のもどるべきところ、自室の机のうえに紙をひろげて、そこにどこかの学者の学説のひきうつしではない自分の内心の言葉を書きだした。そうしなければ、生きていけなかっただろう。リルケはいう、「愛されるものの生活は不幸で危険が多い」と。冬の寒い季節は、こころが鬱にとざされる。のみならず酒精の濫用で幻聴幻視がひどくなり、高田馬場に、その後、移転したビルの一室の教室の廊下に、ゆきかえりの電車のなかに、駅のホームの柱の蔭に、いたるところに、女房があらわれては、口の中で翡翠《ひすい》でもころころところがすようなあの魅惑的な声で「マモルさん、好きよ」と愛のことばをささやいてはかれをおびやかしたからである。あるいは書くことはたんに苦しい人生から逃げる方便にすぎなかったにしても、その後、待ちうけている無期徒刑の罰を受けるのはまぬがれることはできない。

失われたものは二度と還《かえ》ってはこないが、ここしかもどることのできる場所はなかった。とどのつまり、その場所が、十七歳のときに精神の世界を発見したとき以来、大学受験の勉強部屋に置きわすれたままになっている葵のすべてである。あのとき、もっとも人生で大事なときに、かれ固有の生命律を根底からゆるがしてむざんにぶち壊していった運命が突然はじまったものなら、また、その逆も突然はじまるにちがいない。その意味で、かれは運命に貸しをつくっているといえた。だから、それはいずれかえしてもらわなければならない。いや、運命がかえしてくれるはずだ。そうでなければ、ひとの人生というものやこの世のことなどになにほどの意味もない。

ただ、人生は長いようでみじかく、みじかいようでながい。少年期に断ちきられてしまった大学受験時代の至福の時間は、まだ完了していないとかんがえることもできる。ふかい内心では、葵はいまだに十代の少年のままである。まだ合格証書は掌中にしていない。そうだとすれば、どこにも挫折はなかったと考えることもできる。いのち果つるまで、かれの真清水のようなこころの充足をもとめる未完のままの仕事はつづいているのである。それがモンテーニュのいう、「自分という存在を正しく享受することを知る」道にかならずつながっているはずなのだ。

やっぱりこの十七歳の原点に帰ってくる。そして十八歳のモンテーニュに帰ってくる。存在を正しく享受、自分は自分が思っているほど上でもなければ、下でもない。ポンペイウスのアテネ入場を称賛《しょうさん》する碑文「あなたは自ら人間であると認めるから、ますます神とあがめられる」を紹介したあとで、自分という存在を正しく享受することを知ることは、「ほとんど神に近い絶対の完成である」※4とモンテーニュはいう。やはり最後には神が出てくる。ここで「享受」とは、単に受けることではない。ありがたくうけとって存分に堪能《たんのう》することである。胸中ふかく一生涯かけてなにごとかを成就しようとする意思をもちつづけることは、それじたい才能といってもよいのかもしれない。かれの人生に定年というものはない。生活人として生きてこなかったのだから、生活人として死ぬこともない。終生、メチエとたたかう日々があるだけだ。

てんぷら屋の夫婦が離婚して、路地の店が閉められたあと、女はこの町のどこか近くで生活をはじめたようである。

夜おそくすまいに帰ってゆく姿を自室の二階の窓から見かけることがあった。ひとりきりであったり、男づれであったり、男女数人づれであったりした。どこかの酒場で働いているのか、それとも自分のあたらしい店でもはじめたのか、銭湯の仕事からはいっさい手をひいて、観念の深い洞窟のなかで野生じみた孤独にひたっている葵は、酒をのんで発作的に町をうろつくことはあったけれども、どうしてもその店をさがしあてることができない。女のことをたずねる友だちも知りあいもなく、葵はまったくひとりぼっちだった。こころではおたがいにつよく魅かれあいながら、どうしてもからだがむすばれない。

現実には手も足もでず、どうしても一緒になれない。そのタンタロスの拷苦《ごうく》のようなジレンマに葵ははなはだ苦しまされたが、それはとどのつまり、彼女の恋人や夫になるための、家柄、才能、財産に欠けるところのないコンスタンの「アドルフ」のようではなくとも、社会的自我というものが、ひとと対等の関係に立つことができる次兄のようにもっと身軽な社会的な資質というものが、だれにでもしたしくこころをひらく義兄のような社会的な意識というものが彼にはまったく欠落していたからである。あるのはただ迷妄にみちた観念のどぶ泥の世界を実体のない影として生きてきた、影の存在にふさわしい空っぽのこころだけだ。だれがそんなものを相手にするだろうか。

　年代物の欅のいかめしい机の前で真清水のようにこころが透徹していた、あそこだ、あそこしか自分の生きられる場所はなかった。そこから酷薄な運命によって放擲《ほうてき》された、流罪人、追放者、社会的不適合者にすぎない。これまでの罪人の跛行した精神のつみかさねにふさわしく、どこかの社会の片隅で人さまにかくれてものを書くまねをすることしかできないような人間だ。どこかぶっ壊れた、ただの欠陥品にすぎない。こんな人間がすくなくとも他の人間、ひとりの女の内面生活にかかわるようなことをしてはいけない。

　それでももし自分のかたわらに彼女がいてくれたら、と葵はおもいにふけることもあった。むりやりにでも何年もしがみついていれば、学部時代にはおもいもよらなかった、この国の近代法体系はもともと西洋からきたものだから、パンデグテンシステムとよばれる壮麗なバロック風の建築様式にもひとしい法律学の基本構造がみえはじめてきたように、なによりも観念ではない現実の手がかりのあるひとりの女性がそばにいてくれることによって、地に足をつけて受験生のだれでもやっているように単に社会で職業につく手段としてもうしばらく法律というものにとりくんでいれば、彼女と一緒にくらしてゆく具体的な生活の方法としてかんがえる契機になったかもしれない。社交が苦手な自分は弁護士なんていうガラではない、学部時代は、検察官志望だったときもあったのである。神経を病むまえの、大学受験時代の健康で静謐な精神さえ維持できていたとすれば、そういう人生もありえたはずだ。現実問題としては、それから紙にむかって書くべきなのだ。

しかし、かれのなかには根本的に生活をするという感覚が稀薄だった。ほんの子供のときから、生活というものほど理解しがたいものはなかった。これまでそういうものをのぞんだことが一度もなかったからである。十七歳の葵は、こんな自分でも生きられる、いやこんな自分だからこそ生きられる精神の新世界を発見したのである。生活することを発見したわけではない。

そうして、また夏がきた。

ある明けがた、葵は心臓をえぐりとられるような光景に接したのだった。

なまじいのことでは人生からうかびあがることはできない。しかし、かつて文学ぼけしたあたまでともに法律を学んだひとびとのためにも、命はつるまで悪戦苦闘はつづくであろう。それがかれらにたいする礼儀であり、義務なのだ。どこかで人生というものを噛みきらなければならないときがくる。

スタンドを灯《とも》した深夜の静かな机のうえで、そこにしか自分の帰ることのできる場所はなかったけれども、まだ心身ともに春秋に富んでいるといってもよいかもしれない、ひとりの若者には人生に対する敗北宣言のような、おそるべきニヒリズムをふくんでとりわけ難解に見える、リルケの命題――書かなくても生きていけるのかどうかをふかい内心に問う徹夜の作業をへて、二階自室のまどからぼんやり朝のしらしら明けのそとをながめていたときである。ふと見ると、眼下の街路を線路の踏切をわたたって抱きあいながらあるいてゆく男女がいる。どこかの終夜営業の酒場の関係者が店をしめて、これから家路につくところなのだ。

紺のスーツを着た大柄な若い男と白木綿のワンピースの女である。ワンピースの女を一目みて、神速ともいえる早さでその正体を見ぬいた瞬間、はげしく全身が震撼《しんかん》した。女の上半身にぴったりして肩のつけ根から美しい腕がむきだしになるそのワンピースのスカートを、絶対に見忘れることはない。スーツの男は、これまで葵が指一本ふれたことがない神聖な美、永遠の憧憬《しょうけい》、命のよりどころ、あきらかに泥酔してよろよろと足もとのおぼつかない女の腰を手でがっしりとかかえこんでいる。ながいスカートの裾から葵がずっとあこがれ、儚く、そしていちずにすがりついてきた、高貴な白磁色《はくじいろ》のふくらはぎと胡桃《くるみ》のようにしまった足首がのぞいている。

ふたりはこれからどこかの、だれもいない、空っぽの部屋にたどりつくだろう。寝るのに身をまとう衣服はいらない。抱きあうのにさらにからだをおおっているものは必要ではない。ベットのうえにほうりだした酔いどれ女を裸にするのにたいして手間はとれないだろう。カーテンからもれる朝のひかりに淑女の呪符《じゅふ》を剝がされたエロスのしめった脚のつけねは、卑猥なにおいをたてながら黄金に映え、疲れを知らない若い男女は徹夜労働と酒と欲望の火炎にあおられたからだを蛇のようにからみつかせて、ひりひりと灼けるような情欲にぬれた舌を貪婪《どんらん》にすいあうだろう。

葵は部屋から女を追ってそとへとびだしはしなかった。窓辺に立ちつくしたまま絶望の空想が脳裡をかけめぐったとき、葵の体内で凶暴な血がうごめくのがかんじられた。それは肉体が離れればはなれるほど魂の愛はちかくなるという、一種の神の啓示にも似た、戦慄するような美しい思想であったかどうかはしらないが、ただ単に世界からつき放された寂寥のきわみだけではなかった。

また、それは失恋のどんづまりの悲しみというものだけではなかった。これまでいちずにおもいこがれてきた女の美しい肌がどこかの男のほしいままな肉欲の餌食にされる悲哀のそこで、ちらちらとリンが燃えるようにあやしくゆらめくものがある。ふたりのあらわな性愛の情景の細部におもいをこらせばこらすほど、ざっくりとえぐられた傷口にわざと塩をぬりたくるような凄絶な痛苦のなかに、葵の身をつらぬく、肉のよろこびといってもいい無上の歓喜がうすあおくほむらのようにゆれているのをみるのである……。

……それから、夏にしてはすごしやすい、ある日の午後である。

葵は駅前の書店に本を買いにいった。酒をつつしみ、たえざる不安やら焦燥、屈辱、憤り、外界へのおそれから比較的に解かれて、気分がおちついていた。本屋を出てあたりを散歩でもするようにゆっくりあるきながら、駅前広場をはさんだむこうの通りを何気なくながめていた。こちら側の通りは閑散としていて、角の交番のところまで葵のまえをあるいている歩行者はいなかったが、むこう側は人混みがしてそのひとびとのかたまりへぼんやりと目を放っていた。すると視線が吸いよせたかのようにかたまりのなかから自転車を引いた若い女がぬけでてきた。女は広場をつっきると、するすると葵のまえにきた。

「愛しています」

といきなり女はいったが、葵はその顔にただちにおもいあたるふしがなかった。髪をむぞうさにうしろでむすんで、あらわになった白いおでこと頬骨のあたりがふっくらとしたやさしそうな丸顔で、俊敏なアスリートをおもわせる高い腰にぴったりとした黒いジーパンをはいている。葵は、突然、目のまえで起きた出来事にきょとんとあっけにとられた顔で、女の顔を見ていたものとおもわれる。

「あら、まちがえちゃったかしら」

女はとたんにふきだした。

その女がてんぷら屋の女房だった女であると気がついたのは、数歩さきにあるいてからだった。葵は肩ごしに女をふり返った。女もやはり彼のほうをふり返っていた。

忍恋ということばを知ったのは、すこしあとになってからである。江戸時代の万治から享保にかけての中期、そよ風が典雅に草原をわたってゆくようなバロック音楽の巨匠、ヨハン・パッヘルベルが欧州で生きていたころの、佐賀鍋島藩士、山本常朝の口述を聞き書きした武士道を説く『葉隠』※5のなかにあることばで、恋の至極というものは忍恋にあるというのである。逢ってからは恋の丈《たけ》が低い。およそ苦しくてならない愛がめでたく成就して恋人になり、夫婦になりおおせて、実現された恋というものはつまらない。そんなものは犬も食わない。そうではなくて、愛するものをおもうこころの渇《かわ》きがいつまでも癒《いや》されることがなく、思って思って思い死にすることこそが恋の本意であるというのである。この恋とは、君主に対する封建武士のホモセクシャル的なものであるという解釈もあるようだが、作者はことばどうり男女間のものとかんがえる。

（了）

参考文献

	著者名	書名	翻訳者名	出版社名
※1	ドフトエフスキー	地下室の手記	江川卓訳	新潮文庫
※2	R・M・リルケ	マルテの手記	望月市恵訳	岩波文庫
※3	アルチュール・ランボー	ランボー全詩集	鈴木創士訳	河出文庫
※4	モンテーニュ	筑摩世界文学大系「モンテーニュ」	原　二朗訳	筑摩書房
※5	山本常朝	葉隠	――	岩波書店

〈著者紹介〉
船橋　明（ふなばし　あきら）
1947年7月　神奈川県に生まれる。東京都八王子市に転居後、府中、明星学苑高等学校卒業。法政大学法学部卒業後、㈱日本住建、㈱西部土地を経て、㈱京王自動車、㈱キャピタル交通で勤務、同社を定年退職して現在に至る。

しのぶ恋《こい》

2024年12月12日　第1刷発行

著　者　　船橋明
発行人　　久保田貴幸

発行元　　株式会社 幻冬舎メディアコンサルティング
〒151-0051　東京都渋谷区千駄ヶ谷4-9-7
電話　03-5411-6440（編集）

発売元　　株式会社 幻冬舎
〒151-0051　東京都渋谷区千駄ヶ谷4-9-7
電話　03-5411-6222（営業）

印刷・製本　中央精版印刷株式会社
装　丁　　村上次郎

検印廃止

ISBN 978-4-344-94952-2 C0093
幻冬舎メディアコンサルティングＨＰ
https://www.gentosha-mc.com/